故事就是历史

江湖的故事

健 君 ◎ 编著

中州古籍出版社

图书在版编目(CIP)数据

江湖的故事 / 健君编著. -- 郑州：中州古籍出版社，2014.1
（故事就是历史）
ISBN 978-7-5348-4552-9

Ⅰ.①江… Ⅱ.①健… Ⅲ.①历史故事—作品集—中国 Ⅳ.①I247.8

中国版本图书馆 CIP 数据核字（2013）第 305523 号

出版社：中州古籍出版社
（地址：郑州市经五路 66 号　邮政编码：450002）
发行单位：新华书店
承印单位：永清县晔盛亚胶印有限公司
开本：　787mm×1092mm　　1/16　　印张：12
字数：　156 千字
版次：2014 年 1 月第 1 版　　印次：2014 年 1 月第 1 次印刷

定价：29.80 元

本书如有印装质量问题，由承印厂负责调换。

前　言

曾几何时，我这样想，如果能够像读故事一样来读历史，那该是一件多么惬意的事情啊！

人们常说"以史为鉴"，意思是历史是一面镜子，可以映照出许多道理。但历史是人写的，它的客观程度决定于历史撰写者的观点、立场和态度。掌握权力或身处其中的历史当事人，总以为自己德比尧舜，不允许他人去评说自己的过失。他们利用权力，命令一批御用文人去粉饰太平，为他们歌功颂德、树碑立传。因此，历史由后人评述，总归要比自己评自己客观一些。

现在，许多人开始讲历史，但这些人不一定都是史学家。他们讲的与其说是"历史"，不如说更像"故事"，只是其中不乏有价值的历史资料。然而各年龄层的人却乐于听这样的"历史"，因为这些"历史"更引人入胜。可见故事和历史是相通的。

我们策划本丛书的目的，就是通过故事的形式，让读者来了解传统文化。当文明之光照耀中华大地时，辉煌的历史也开始了新的篇章。当我们看到熟悉的汉字记录的一个个历史事件时，仿佛又回到了历史长河中，亲身感受历史脉搏的跳动，这就是历史的魅力。我们从历史故事中获取知识，吸取教训，寻找未来前进的方向。读一读历史吧，它对我们每个人的未来都有着巨大的影响。

目　录

第一章　帮会的故事

反清复明的天地会 …………………………………………… 3
如何加入帮会 ………………………………………………… 5
帮会的江湖动作和黑话 ……………………………………… 7
帮会的经济来源 ……………………………………………… 8
为什么帮会百年不散 ………………………………………… 10
帮会的"家法" ……………………………………………… 11
邪教一贯道 …………………………………………………… 13
四川哥老会 …………………………………………………… 14

第二章　乞丐的故事

乞丐也分很多种 ……………………………………………… 19
叫花鸡的由来 ………………………………………………… 21
乞讨也得拜码头 ……………………………………………… 22
乞丐界的名人 ………………………………………………… 24

第三章　赌博的故事

五花八门的赌博术 …………………………………………… 29
十赌九骗 ……………………………………………………… 31

酷爱赌博的女词人 …………………………………… 33
历史上禁赌的法律法规 ……………………………… 34

第四章　流氓的故事

流氓的类型 …………………………………………… 37
文身的演变 …………………………………………… 40
流氓千奇百怪的诨号 ………………………………… 42
流氓的犯罪手段 ……………………………………… 43

第五章　娼妓的故事

娼妓的诞生与发展 …………………………………… 51
京城"八大胡同" ……………………………………… 53
妓院也有规矩 ………………………………………… 55
中国历史上的名妓 …………………………………… 57

第六章　文人的故事

学成文武艺,货于帝王家 …………………………… 63
留取丹心照汗青 ……………………………………… 66
也说文人 ……………………………………………… 69
古代下层文人的职业 ………………………………… 73
罄竹难书的文字狱 …………………………………… 77
文人的酒文化 ………………………………………… 80

第七章　武人的故事

民族文化瑰宝——中国武术 ………………………… 85
"十八般兵器" ………………………………………… 89

中国古代武将谱 ………………………………………………… 91
侠之大者 ……………………………………………………… 95
古来征战几人回 ……………………………………………… 98
清朝的"警察" ………………………………………………… 100
古代的镖局与镖师 …………………………………………… 102

第八章　农人的故事

以农为本,以农立国 ………………………………………… 107
中国农耕技术的发展 ………………………………………… 109
农家的"传家之宝" …………………………………………… 114
农民与地主 …………………………………………………… 117
农村丰富多彩的民俗 ………………………………………… 119

第九章　商贾的故事

商人的来历 …………………………………………………… 125
官商、儒商和军商 …………………………………………… 126
中国古代的商界名流 ………………………………………… 129
明清商人的帮会组织 ………………………………………… 132
古代商人的忌讳 ……………………………………………… 135
商人的经营之道 ……………………………………………… 136
旧社会的中小店铺 …………………………………………… 138

第十章　优伶的故事

优伶戏子的演变 ……………………………………………… 143
唐玄宗与梨园 ………………………………………………… 145
科班——旧社会的戏曲学校 ………………………………… 147
古代优伶艺人的地位 ………………………………………… 149

古代的江湖艺人 ·················· 153
中国古代的"演艺圈明星" ············ 156

第十一章 医生的故事

博大精深的中华医术 ················ 161
不用药也能治病 ·················· 162
古代名医传奇 ···················· 164
民间医生的分类 ·················· 168
中国古代民间医药禁忌 ·············· 171

第十二章 媒人的故事

父母之命、媒妁之言 ················ 177
关于媒人的各种说法 ················ 178
媒人的三寸不烂之舌 ················ 180
媒人说媒的原则 ·················· 181
撮合死人成亲的鬼媒人 ·············· 183

第一章　帮会的故事
Chapter 1

　　帮会的历史,据说是从明末算起的,李自成的军队被认为是当时帮会中起事最早、人数最多的一股势力。

　　"帮会"所为是一种革命,它无革命之名,但有革命之实。

　　"帮会"中人虽也有渣滓,但有学识、有思想、有志气、有胆量的人也很多。他们"义"字当头,敢做敢为。

　　中国社会的复杂,深不可测,读"帮会的故事",也许可以帮我们找回那一段逝去的记忆……

反清复明的天地会

天地会即是洪门,是我国清代流行于民间的秘密结社。关于天地会创立的时间,历来众说纷纭,一直没有定论。相传,天地会创立于清康熙十三年(1674),最早在台湾和福建沿海秘密活动。天地会以"反清复明"为宗旨,秘密口号是"明大复心一",反念就是"一心复大明"。由于明太祖的年号为洪武,所以天地会对内称洪门,也叫红帮。因为"洪"字偏旁为三点水,所以天地会也曾改称三点会,以后嫌三点会不甚吉祥,"洪"字右边"共"有合的意思,就改称三合会。天地会的支派很多,除小刀会外,还有红钱会、哥老会等不同派别。

天地会最初多为农民或由破产农民转化而成的小手工业者、小商贩、水陆交通沿线的运输工人及其他没有固定职业的江湖流浪者组成,随着帮派逐渐发展壮大,其成员身份也日益复杂,但仍以下层穷苦民众为主。天地会提出的反清复明、顺天行道、劫富济贫等口号,反映了忠君思想以及以汉族为正统的民族观念和反对阶级压迫的要求。而成员社会经济地位的低下,使他们更需要互济互助。因此,忠心、义气便成了组织内最高的道德规范。

天地会自成立后,曾发动过多次武装起义。1698年,广东天地会会众集结于惠州高溪庙,推苏洪光为主帅,改名"天佑洪",起兵反清。义军连战连捷,威震七省,后来被清军所镇压,苏洪光被杀害。1886年秋,台湾彰化官府焚烧村庄,镇压天地会会众。农民出身的彰化天地会领袖林爽文以"安民心,保家业"相号召,率众起义,攻克彰化,建立政权,年号顺天,随后又攻克诸罗、凤山等地。天地会首领庄大田起而响应,占领凤山后,与林爽文合围台湾府里栀城(今台南)。翌年,清朝派兵镇压,林爽文兵败逃入山中,后为清军俘获,就义于北京。林爽文起义后,《大清律例》

中出现了明文规定，禁止结拜天地会的条文。

天地会最早主要在福建、粤东及台湾一带流传，稍后发展至广东全省及江西、广西、贵州、云南、湖南等省。鸦片战争后，又传至四川、湖北、安徽及江浙等省，并出现了哥老会等大量分支，以致各地山堂林立，成为当时天地会一大特点。进入民国时期以后，国内的天地会组织大多成为少数人争权夺利的工具。而远在海外的洪门组织，除了少数社团发展成为黑社会组织之外，大多数则作为团结华侨的重要纽带而存在。

Chapter1 第一章
帮会的故事

如何加入帮会

中国帮会的恶性膨胀时期是在民国,许多帮会头目为了巩固自己帮会的地位,招收的门徒越来越多,也越来越滥,动辄成千上万人。他们上与达官要人勾结,下向社会各界渗透,成为吞噬社会肌体的恶性肿瘤。

民国时上海的大帮会青帮,收徒必须例行一种隆重而又戏剧化的典礼,名曰"开香堂"。帮外人,黑话叫"空子"。要是想进入帮会,必须先找帮中人带领,开明履历,经引见师批准之后,再备了正式的帖子去拜师。帖子上写"敬拜某某老师门下",下面写"自心情愿"。在师父名字旁边,要写三代姓氏,末后署名"某字辈门生某某谨具",旁边还要写上"引见师某某押","传道师某某押",可见非常郑重。

开香堂地点大都选择在僻静的庙宇中,大殿正中供着青帮师祖的神位,点起香烛。开香堂大典时,收徒的老头子的前人和一般同门兄弟都要到场,名叫"赶香堂"。赶香堂的人越多,老头子面子就越大。如果开香堂时没人赶香堂,或来人很少,那个老头子就会被人家瞧不起,连徒弟也觉得见不得人了。香堂布置妥当,候补的人依次进入后,便传命紧闭山门。老头子居中坐定,赶香堂的人分立两旁。然后由引见师引领各"空子"到神案前磕头,再到老头子面前磕头,然后在六部各师父前和赶香堂的各人面前磕头。总之就是逢人便磕,如果老头子面子大,赶香堂的人多,有些新徒弟就得磕上两三千个头。

磕头之后,便在檐下排成长龙,司香的执事就把桌下的包头香划开,分到新徒弟手里。赞礼的人高呼下跪,大家便黑压压跪了一地。另有执事端上一盆清水要每个人呷一口,叫做"净口"。随后,老头子便在上面厉声问道:"你们是自愿入帮,还是有人叫你们入帮?""入帮并没有什么好处,你们知道吗?""十大帮规要遵守,你们知道吗?"众人便齐声答道:

"入帮自心情愿,甘受约束,誓守帮规。"

洪门"开香堂"的规矩与青帮大同小异,最后一项是入会问答,主香人问:"天地日月,如何称呼?"众会员答:"拜天为父,拜地为母,拜日为兄,拜月为嫂。"又问:"你们能严习帮规吗?"答:"能!"最后一一发给证明身份的"票布",至此开香堂方告完毕。随后老头子安排筵席,赶香堂的人一道欢呼畅饮,而这一席的费用要由新进门的徒弟分摊。

Chapter1 第一章
帮会的故事

帮会的江湖动作和黑话

　　旧时帮会内部为方便联络,流行一套特定的动作和黑话,俗称"切口。"红帮见面,通过行拱手礼就能知道彼此在帮内所处的地位,如右手指在左腕上,表示老幺。在帮地位越高,右手向左腕上部搭得越高,直到右手搭在左肩之上,那就表示他是帮内的"龙头大爷"了。红帮帮众见面要问:"恩兄占的哪座山,过的什么关?"对方回答:"在下占的是贺兰山,过的是嘉峪关。"青帮到外地赶码头,敲门要先三后四,门内问是什么人,门外就回答:"今日香堂我来起,安清不分近和远。"在公众场合,摘帽后要帽口朝上置于桌上。给人或接受别人传递的事物时,必须左手伸出三指,右手伸出四指,表示三老四少。在帮的人如不熟悉这些江湖动作和黑话,就会被认为是冒充讲帮的"空子"。

洪门切口一览

蓑衣大蓬——皮袍	盘桃子——请人上会,众人扶持一人
穿心子——马甲	
霸——殴打	花起来——把人捆绑起来
叫粉子——解释误会	树上火——身上衣服阔绰
找皮绊——寻事生非	一枪药——只有一次本钱
蓑衣蝴蝶——皮马褂	丢拖——又叫丢点子。暗示其意
开花——骂人	
叫梁子——调和息争	老里——门外汉,又称里大兴
报赤壁——复仇	靠牌头——借助别人的力量
碰到钉子——遇见对头	站拢——叫人集在一处
跳高——向外交接	换季——更换新衣

帮会的经济来源

民国时期的帮会,在各种大小头目的控制下,聚众结伙,横行霸道,为非作歹。其帮会成员一不做工,二不务农,三不从事正当的经商活动,却常常日进斗金,挥金如土,许多头目甚至成了百万巨富,过着奢侈糜烂的生活。他们的生财之道,便是经营各种不法的"特种事业",主要有烟毒"保险"、贩卖人口、占地为霸、庇护私商、包揽事件、绑架勒索、开码头、包做人等。

民国时期,鸦片流毒全国,而上海是当时全国鸦片的主要集散地之一。一大批帮会头目及其控制下的流氓组织,靠运销从国外和西南、西北、东北各地军阀贩运到上海的鸦片和其他毒品而大发横财。其中获利最大的要数青帮大亨黄金荣、杜月笙、张啸林等人合开的垄断性大土行——三鑫公司。其实三鑫公司并不直接去产地购买鸦片。它所做的"工作",只是护送鸦片,保证鸦片运输的安全,因此它等于一个"鸦片保险公司",凡是运销上海租界和华界的鸦片,都得有三鑫公司在鸦片烟土上盖的戳才能入市。各鸦片烟馆售卖的鸦片,只能从三鑫公司进货,一百元的鸦片收取百分之三十的"保险费"。当然,鸦片如果被抢,三鑫公司也得照价赔偿。因此,鸦片馆货源有保障,经营也安全。那些大土商除了有特殊的大买卖必须抽取一大笔钱孝敬之外,每逢一年三节(春节、端阳、中秋),也要交上一笔钱。甚至三鑫公司还根据烟馆烟枪数来"抽税",一根烟枪一晚多少钱,都得按时上交。仅此一项,三鑫公司的收入就很可观。

在帮会形形色色的"特种事业"中,利用迷信手段诈取钱财,可谓历史最悠久的"传统经营"。民国时期,南方的"江相派",北方的"一贯道",都是其中为害尤烈者。"江相派"是旧时广东地区一个以迷信诈财为职业的秘密集团,"江相"意为江湖上的宰相。"江相派"的成员非常复杂,既有算命先生、神棍、庙祝、道士、僧尼,也有江湖贩药者、骗子、流氓、小偷等。这个集团的大多数成员都是洪门的会员,构成集团核心的头子,即所谓"师爷"、"大师爷"等,都是洪门的所谓"大学士"、"状元"、"进士"等。这个集团在旧中国存在两百多年之久,而且各代的大师爷们都是有"法"有"术"的大相士、大神棍。他们凭借师门传下的"法"和"术",运用帮会组织的力量,不断装神弄鬼,制造"奇迹",欺骗和愚弄群众,诈取钱财。

贩卖人口,在旧中国帮派中也有很长的历史。江湖黑话,称专贩男孩叫"报石头",专贩女孩,叫"摘桑叶",贩卖妇女,叫"开石头条子",贩卖华工出洋叫"贩猪仔"。民国时期,帮会流氓大亨加入这项"特种事业",使贩卖人口的活动空前猖獗。在旧上海,虹口捕房刑事股探长尚武是专贩男孩的后台,他身在青洪两帮,与虹口广东三合会的一部分人勾结,进行着贩卖人口的勾当。当时广东的一些富商除自己亲生的儿子外,还领养一些男孩,让他们读书受教育,从中挑选聪明能干的,把事业大权交给他们继承,所以绝大多数男孩被贩往广东。而专贩女孩的后台是尤阿根,他当过旧上海公共租界的刑事股探长,也身在青洪两帮。他将在上海拐到的女孩大部分卖到北方地区,也有一部分卖给福州路的一些妓院。还有一些帮会头子专门从事"贩猪仔"的勾当。他们与华侨中的极少数败类相勾结,与外国在华招工的专门机构合谋,宣称愿到外国做工的人,每月可得工资若干,安家费若干,临行时又可预支薪金若干。工作限期满后,还有若干个月的工资作为酬劳云云。不少人信以为真,纷纷报名,从此踏上了一条不归路。

旧社会时的长江中下游各省、市和乡镇,凡市面稍稍繁华一点的地方,大多为帮会势力所垄断。他们分疆划界,每一码头必有一帮会头目为首,在此势力区域内的种种不法营业,都为他们所包揽,这就是"占码头"。这些占码头的帮会头目就成了各种流氓恶霸,如赌场霸、码头霸、粪霸、渔市霸、菜场霸、走私霸、黄包车霸等。除了以业为霸之外,还有一种是以地为霸,一地一霸。某地若被某头目霸占之后,即独揽其中一切不正当营业的收入。因此,伴随着争占码头而来的,常常是两帮之间互相残杀的惨剧。

为什么帮会百年不散

帮会之所以能在几百年间聚而不散,其维系的力量来自一种强有力的传统观念——"义气"。在早期的帮会中,义气主要反映了下层群众互济互助的观念。

青帮中流行这样两句话:"铁树不开花,安清不分家。"意思是凡属同帮者就是自家人,均须以"义"相待。除非铁树开花,同帮才会分家。青帮原本是漕运水手们秘密结成的互助组织,按照帮规,穷困的帮徒,老头子须救济资助;老头子有难,各帮徒也须救助供养,同帮弟兄之间必须以义相投,互相救济。

在洪门的义气观念中,也是把互助精神作为首要,洪门帮规就有"互信互助"一条。洪门的互助观又是与其平等观相联系的,有一条"通令"云:"任你在朝中官居极品,结盟后就不论富贵贫穷。"入洪门者不论职位高低、入会先后,一律以哥弟称呼。既为哥弟,就是同胞,兄弟有难,则必须视同自己的事,需全力以赴,不得袖手旁观。

但是,这种帮会内部的"义气"是狭隘的,其所维护的仅仅是帮会团体内部的利益,而对于帮会外部同样受压迫的群众,帮众则一点儿也不讲"义气",甚至干出种种为害群众、扰乱社会的坏事来,诸如群殴斗狠、或盗或窃、杀人越货,以及任意花销、吸毒聚赌等。正因如此,许多本来淳朴的劳动者入帮之后,渐渐沾染了流氓无产者的恶习。他们既在帮会义气的维系下抱成团伙,又在这些恶习的支配下逞凶肆虐。直至帮会完全堕落成为反动派所利用的流氓集团。民国期间,随着帮会组织民族斗争目标的丧失以及整个帮会的逐渐变质,原来存在于帮会内部的互助精神逐渐削弱,取而代之的是帮会头目之间的争权夺利、钩心斗角。

Chapter1 第一章 帮会的故事

帮会的"家法"

如果说义气是帮会的内聚力,那么家法则是帮会的强制力。帮会的巩固和发展,不但在思想上依赖于"义"的维系,而且在组织上依赖于"法"的强制。

青帮有着极严格的家法制度,而且施用家法时,还有一套仪式。先由犯规弟子的本师,会同传道师和引见师,并传到本门弟子若干人,开设香堂,如同收徒时的开香堂一般。将"家法"(或板或棍)供于香案上,接着是上香、上烛、请祖和参祖一套仪式,全部完毕之后,便传犯规弟子跪于香案之前,询问事由,并请执法师、护法师等议处罪名。犯规者认罪之后,就请家法,由执法师向家法行礼后将家法棍顶在头上,口中念诵:"家法森严鬼神惊,乾隆钦赐棍一根,汝既犯规当责打,下次再犯火烧身。"念毕,执刑人进前参拜,跪接家法,站于左首。犯规者跪听宣布罪状,而后趴在地毯之上,双腿交叉靠紧,由四人按住身体。执刑人就对犯规者说:"我与汝一无仇,二无怨,今天你犯了祖师爷的帮规,我奉执法师的命令责打你几十盘龙棍。一要你心服,二要你情愿。"犯规者须答:"心服情愿。"执刑人再念道:"法师堂上把令行,手执家法不容情,谁人如把帮规犯,不论老少照样行。"念完后就举棍责打,打完又说:"祖传帮规十大条,越理反教法不饶,今天香堂施警戒,若再犯法上铁锚。"之后将家法置于原处,犯规者叩头谢罪,执法至此才算完毕。

青帮的十条家法,包括对违犯帮规者、忤逆双亲者、不遵师训者、不敬长上者、侵占帮中财物者、殴打帮中老少者、不务正业者、奸盗邪淫者的处治办法,表面看来,似乎也是惩恶扬善,实际上却是帮会中的"把头"们欺压、凌虐帮徒的工具。他们的"香堂"就是私立的"公堂","家法"就是私刑。

洪门的家法制度比青帮更为完备,也更为严酷,有十一则、十禁、十刑、十八律书、十条、十款和议戒十条等。其中"十条"包括:一、尽忠报国;二、孝顺父母;三、长幼有序;四、和睦乡邻;五、为人正道;六、讲仁讲义;七、叔嫂相敬;八、兄仁弟义;九、遵守香规;十、互信互助。违反帮规者处罚甚严,依据犯规情节轻重,分为"五刑":极刑,凌迟或刀杀;重刑,活埋或沉水溺毙;轻刑,三刀六眼或四十红棍;降刑,降级或挂铁牌;黜刑,开除出帮会,或挂黑牌若干天,改正后再恢复其帮籍。

Chapter1 第一章 帮会的故事

邪教一贯道

　　一贯道原是中国民间的一种宗教,创立于清光绪年间,后来沦为危害社会的邪教。道名取自《论语·里仁》中的"吾道一以贯之",创始人叫王觉一,信仰的主神是无生老母和弥勒佛。

　　1930年,道士出身的张光壁(十八祖)掌道后,一贯道组织有了很大发展。张光壁自称济公活佛转世,首先在济南设立中枢坛,接着建立了金刚、敦仁、礼化、天一四大坛,向全国各地发展。在抗日战争期间和日本投降后的几年里,一贯道的势力曾急剧扩张,一些汉奸、特务也混迹其间。他们设立"坛"、"班",通过焚香、拜神、扶乩、念咒、讲道、说经等迷信形式,诈骗钱财,诱奸妇女,扰乱社会,毒害人民。解放前夕,北京的一贯道组织设有总坛一个,本坛三十二个,分坛四十三个。共有坛主一百零三人,道徒约十余万人。总坛设师尊,本坛设坛主、点传师等。这些人几乎都是地痞流氓、恶霸地主、汉奸特务之流。

　　一贯道不仅利用乩语敛聚钱财,以供自己挥霍;而且还以"包治百病"为幌子,装神弄鬼,强奸妇女。例如,同化坛点传师刘景泰吸收道徒三千多人,骗取巨额香资,并利用各种说不清名目的宗教仪式,骗取道徒的粮食、金条等财物。点传师杨生甫曾奸污过两名寡妇和两位少女,并将少女拐走。女点传师白秀茹更组织了所谓"暴子队",以男人为骨干,专行强奸妇女的勾当。他们一般先将欲奸污妇女的名字写在纸条上,放在供奉水果的盘子里,烧香礼拜后,由点传师抓一把沙子撒向空中,然后将纸条取出,谎称有密言,就将纸条上的妇女唤进暗室,即行奸污。强奸后,再用小刀划破她的手臂,问其是否疼痛,被奸污者要说"不痛",才表示"信心坚定"。新中国成立后,一贯道被人民政府果断取缔。

四川哥老会

四川的哥老会,又称汉留,俗称袍哥,相传是"洪门"的一个分支,约在清康乾年间传入四川。经过长期的发展,形成了具有地方特点的民间秘密结社。清廷曾因其具有反清倾向而一度视之为"会匪",严旨查禁。

四川各地的袍哥组织成立时间不一,成员起初多为当差之人和兵勇行伍等下层人物。到清末,袍哥已成为城乡半公开的民间组织,各路的地方豪强和团体头目多自行开山设堂,聚集势力,以兵勇团丁、游民地痞为主要成员。由于袍哥仿效"桃园结义",以义气为重,好打抱不平,为哥兄老弟排忧解难,当时的许多农民和商人也纷纷加入,以求得到庇护,因此袍哥成员渐广,三教九流,无所不包。又因为袍哥组织入会不分贵贱贫富,一律平等相待,一人遇事众人相助,成为下层民众的代言人及庇护者,得到广泛的拥护和支持,成为汉族聚居区一支不可忽视的社会力量。清末四川多起大规模的农民起义和反洋教活动都有袍哥组织背景。

19世纪末20世纪初,孙中山等革命党人为了发展革命势力,十分重视中国南方民间广泛存在的洪帮、袍哥等会党的潜在力量,积极在会党中发展同盟会员。1907年,四川同盟会推举畲英等人负责联络四川袍哥,重庆、泸州、叙府(宜宾)、嘉州(乐山)、川西一带的袍哥首领纷纷加入同盟会。1906~1910年,经同盟会组织,先后在江油、泸州、江安、广安、嘉定等地发动的武装起义就是以袍哥为主要力量的。

1911年夏,四川保路运动兴起,同盟会遭党人分道四出,部署徒众,暗中准备武装斗争。9月7日成都血案发生后,成都附近各路袍哥皆呼号而起,围攻成都,与清军展开激战。四川的袍哥组织在这场推翻清王朝的革命运动中,起了主要作用。辛亥革命后,袍哥组织开始公开在各地设立"公口"。革命党人大都依靠袍哥力量接管政权,军政府被时人指为

"哥老政府"。

从1912年起,袍哥各公口逐步放松香规礼节,入会手续从简,使组织有了很大发展。据国民政府有关部门在抗战后期统计,四川的城市乡镇,处处都有袍哥组织。事实上,民国后期的袍哥已经成为各派地方势力的政治工具。无论在税捐承包、派系倾轧,甚至在地方议员、省参议员、立法委员、监察委员、国大代表的竞选中,袍哥都起了举足轻重的作用。但同时,一些以地痞恶棍为主体的乡镇袍哥组织,则鱼肉乡里,欺凌善良,抢劫掠夺,无所不为,成为地方公害。解放后,随着清匪反霸、土地改革、民主建政等政治运动的开展,在西南民间流传数百年的袍哥组织最终解体。

第二章　乞丐的故事
Chapter 2　>>>>>

　　乞丐是人类社会的一种理应消灭的历史现象,一种亚文化群体,与文明相悖却长期共存。乞丐作为一种社会群体,人鬼混杂其间,颜色光怪陆离,是大社会中的一个错综复杂的单元层次、一个小社会,也是一个肮脏、丑陋与罪恶交织的弥漫性群体。

Chapter2 第二章
乞丐的故事

乞丐也分很多种

乞丐，俗称叫花子，其留给普通民众的印象比较复杂，他们既有悲惨可怜的一面，也有令人憎恶的另一面。这恰恰因为乞丐本身就是一个充满矛盾的复杂群体。

近人曾经将乞丐分门别类，大致有以下九类：

第一类乞丐首先是中以拎着棍棒、拿着盆碗之类，在市井间行乞的为最多，其次是沿途膝行磕头行乞的，再次就是大声疾呼乞讨的。他们又有红、白之分，强求硬讨的叫红项，哀求乞要的叫白项。

第二类是专向举办红白喜事的商店、铺面和人家索乞赏封的。各乞丐之间划有势力范围，每个乞丐都在自己的地盘上讨赏封，不可越界，这是一种行规。赏封数额多少，依办事的门户大小不一。同时，乞丐们还为迎娶或送殡充当大役，挣得一部分佣金。

第三类是专走江湖各地的游丐，每到一地即向当地的叫花子头讨钱。他们一年到一地只一两次，有时也向人家或商店讨钱。此外还有一种季节性的乞丐。每到冬季农村生计艰难之时，乡间贫苦农民为了节省家中的吃用，就会到城里来"过冬"。他们阖家老少来到城里，首要目标是赶粥厂。城市里的粥厂大都在冬季开厂，一般早晚供应两顿。他们喝过粥后，再乞讨于街市。待来年春暖时，他们又会全家回乡种地。

第四类是走江湖卖艺行乞的乞丐。他们游走四方，不专据一处。有的吟唱戏曲、道情，或山歌、莲花落之类；有的耍碗，如以额顶碗，用手指或鼻尖使碗旋转，这属于小杂耍；有的表演吞剑，吞铁球；有的则耍蛇，比如把蛇从鼻孔塞进去，蛇再从嘴里爬出来。凡此种种，以表演招徕行人，每表演一段或在精彩紧要处，即向观众讨钱。

第五类是以身体残疾为行乞资本向路人哀告讨钱，其中有盲人、跛子或烂腿流脓血者。有的以毒药自伤身体,使耳、鼻、口、目均只剩一个小孔的。旧社会的北京城,在繁华热闹街市,常可看到下肢残缺的乞讨者伏跪在地面,膝头绑着两块厚厚的旧布,也有拴上两块汽车外胎的,右手拿半块砖,左手套一只旧鞋,每往前拖一步,便喊一声:"老爷,太太呀!"同时将砖向胸口猛地一擂,并发出一声惨叫。天长日久,他们胸口处结下了厚厚的老茧,像是一块老树皮贴在胸前。

第六类是以谎言诡托取怜于人为手段乞讨的。他们或谎称投亲不遇,或假称父母生病,或伪称家有死尸无钱入殓,或故意在身上制造假残疾,如烂鼻生疮、流血淌脓来博取同情。

第七类强索硬要,耍无赖。这样的乞丐有的是犯人,有的是恶棍,要钱不给就会现出无赖相,用刀子割破自己的身、头、臂或脸颊,用流血吓人,直至人家给钱为止。旧时北京有"楔钉子"的,就是手拿一根约三寸长的铁钉子和一把小铁锤,专在商号门前乞讨。每到一家店前,便高喊一声:"掌柜的,发财您啦!"如果店家不予理睬,他便用钉子穿透左腮边,贴近店门的木框,举起铁锤当的一下,就把腮帮子楔在商号的门框上,弄得店家没法做买卖,不得不多多给钱,把他打发走。其实这样的人腮帮子上往往早就有个小洞,他们就是连威胁带讹诈。

第八类是女叫花子,这些妇女大多没什么技艺本事,或有残疾,或以伪装骗钱。

第九类是男女一起行乞的叫花子,有的在寺庙中给人运送有余热的香灰讨钱,有的则站在路旁用扫帚为过路人扫灰尘讨钱。

此外,还有行医卖药、卜卦行乞的,有带小孩行乞的,有带老人或病人行乞的,种种伎俩,形形色色。上述许多花样,大都古今一脉相传,而且其中以骗乞居多。

叫花鸡的由来

清朝同治年间,常熟北门外有个王四酒家,店主王龙清是个有名的厨师,他烹调的菜鲜美可口,生意很是兴隆。王掌柜乐善好施,凡乞丐上门一律以礼相待,他还腾出屋后的三间草棚让乞丐栖身。一年冬季,王掌柜让店小二送些柴火给乞丐们取暖。店小二发现,自从送柴火后,圈养的鸡经常丢失,原来是乞丐们偷了鸡在火上烤来吃,于是建议掌柜赶走乞丐,或者不再送柴火。王掌柜却说:"没有盐,鸡怎么吃?"又关照给乞丐送盐。冬尽春来,店里被乞丐们整整偷吃了一百只鸡,王掌柜却不计较。

乞丐们要走了,其中一个为头的向王掌柜辞行,捧出一个烤焦了的泥团,说是表一表心意。王掌柜打开泥团,里面一只制作特别的煨鸡散发着诱人的香味。王掌柜是聪明人,一下子悟出了真谛,用泥团裹着鸡煨,不让味道走失,真正原汁原味,如果加上其他配料、作料,一定别具风味。王掌柜立即动手制作,以后又不断改进,果然成为一道名菜。这道菜发端于叫花子偷鸡的故事,就定名为"叫花鸡"。另有传说为"教化鸡",菜名是常熟状元、两代帝师翁同龢所定。翁同龢认为王掌柜借火送盐的善举大有教化作用,连乞丐也被感动,于是把菜名定为教化鸡。

不过民间津津乐道的还是叫花子偷鸡的故事,习惯于称叫花鸡。这种煨鸡皮色油亮,鸡肉酥烂,原汁原味,鸡腹藏有丰富配料,鲜美异常,风味独特。

乞讨也得拜码头

旧时,乞丐在三百六十行里也算一行,而且属于江湖行当之一,被称为丐帮,又叫"穷家门"。乞丐头儿俗称为"杆儿头",官名则称为"团头",为世袭制。团头各有统辖地区,辖区以内的乞丐都必须服从他的管理。团头的威风很大,俨然衙门里的官吏,小乞丐们见到他都得恭恭敬敬、规规矩矩。乞丐如果要到外地去乞讨,名为"过码头",懂得穷家门规矩的乞丐都要去拜访当地团头,行见面之礼,名为"拜码头"。

杆儿头通常手持一根挂黄的木杆儿,名叫"杆子",作为身份权力的象征,其实那不过是由乞丐乞讨时所持的打狗棒演变而来。"杆子"尤如"尚方宝剑",凭此惩治违犯帮规的叫花子,打死无怨。"杆儿头"换届要举行祭拜祖师和杆子的仪式,届时,要给祖师爷设位,把"杆儿"供在香案上,摆上供品,在蜡扦底下压上纸元宝、黄钱、千张等敬神钱粮,然后新旧两任"杆儿头"在祖师神位前进行交接。象征仪式开始,首先由卸任"杆儿头"上香、交杆儿,两"杆儿头"叩首、祷告,然后众乞丐依长幼次序相继叩头。礼毕,由交"杆儿"的团头从香案上将"杆儿"高高举起,站在正面,由接"杆儿"人向其礼拜,拜罢双手接过木杆儿,是为"接受"之礼;再由接"杆儿"人高擎此杆儿站定,接受交杆人的叩首礼拜,名为"辞杆儿"。至此,仪式才算完成。随后由交杆儿人将祖师神位与敬神钱粮一并请下来,在庭院里焚化,众丐向新旧"杆儿头"道喜祝贺。

清代京师丐帮,分为黄杆子和蓝杆子。黄杆子专门辖治宗室八旗中的乞丐,是高级丐帮。黄杆子中人多是八旗中游手好闲、横行市井之徒,因而其丐头只好由其中位尊势大而又桀骜不驯的王公贝勒充任,否则不能服众。黄杆子丐帮的乞丐平时并不出门叫花,只是在端午、中秋节或年终时到各店铺去讨钱。届时,两三人一伙,有的唱曲,有的敲鼓板。唱曲

Chapter2 第二章
乞丐的故事

的手背向上,敲鼓板的平拿着鼓板,示意施钱。每到店铺门面,店中伙计就会出来,把至少五枚大钱先高举过头,然后再恭恭敬敬地放到鼓板上。而且,必须在他们唱过五句之前就得出来施钱。如果有哪家违反了这些规矩,他们转身就走,次日来人更多,从开市到闭市一直聚在店前不走,不讨钱也不恶作剧,只是弄得店家无法营业。店主只好请人从中斡旋求和,再以数千钱打点了事。京师的蓝杆子,是辖治普通乞丐的丐头。新来的乞丐,必须把三天之内所乞讨的钱物全部送给丐头,名为"献果",献得越多越光荣。平时,乞丐们要将乞讨所获的两成抽出献给丐头,作为丐头的一般常规收入。逢年过节或遇红白喜事,店家或喜主还需额外多给丐头赏钱。

乞丐界的名人

伍子胥

　　伍子胥姓伍名员，子胥是字，是春秋晚期的著名军事家，其父伍奢是楚国的大夫。公元前522年，伍奢和伍子胥的哥哥被楚王杀害。幸免于难的伍子胥只身出逃，经宋、郑等国投奔吴国，期望借助吴国之力攻打楚国，替父兄报仇。路经昭关时，楚兵盘查甚严，伍子胥一夜之间愁白了须发，容貌改变，从而得以混出关来。一路上他跋山涉水，乞讨充饥，等走到吴国都城时已经一文不名，披头散发，满面污垢，只好在街市中吹箫行乞。三天后，被善于相面之术的被离发现。被离闻其箫声甚哀，观其相貌非凡，就把伍子胥推荐给了公子姬光。伍子胥由此得到重用。后来，伍子胥被天下乞丐奉为祖师。

蓝采和

　　蓝采和是中国民间信仰的八仙中的一员，大概生活在唐代。《仙佛奇踪》中记载：蓝采和常穿着破烂衣服，扎着六寸腰带，一只脚穿靴，一只脚赤足。夏天时在长衫内穿厚厚的棉袄，冬天时躺在雪地里，呼出的气如蒸汽一般。他每次在大街上讨饭，手持大拍板，长三尺多。他喝醉了就唱歌，引得老人小孩都来围观。他唱歌时好像处于癫狂状态，歌词随意而作，歌中充满了仙意，而且变幻莫测。他常常把讨得到的钱穿在绳子上拖着走，就是掉了也不顾，有时赠与穷人家，有时花在酒肆中。后来有人见他在壕梁酒楼上饮酒，忽听得有笙箫的声音，紧接着就见他乘着鹤飞上了

Chapter2 第二章
乞丐的故事

天空,抛下靴子、衣衫、腰带、拍板,慢慢升仙而去。蓝采和常唱:踏踏歌,蓝采和,世上能几何?红颜一椿树,流年一抛梭。古人混混去不返,今人纷纷来更多。朝骑鸾凤到碧落,暮见桑田生白波。长累明晖在空际,金银宫阙高嵯峨。

朱元璋

在中国历代帝王中,有一位乞丐出身的天子,他就是明太祖朱元璋。朱元璋出生在慈州钟离(今安徽凤阳)的一个贫苦农民家庭。凤阳在中国历史上不仅以花鼓戏著称,也以出叫花子而闻名。朱元璋十七岁那年,家乡遭受严重的旱灾、蝗灾和瘟疫,农民们饥病交加,衣食无着。朱元璋的父母和一个哥哥相继死去,二哥也远走他乡,无奈之下,朱元璋只好到附近的皇觉寺出家当了和尚。然而由于寺院属下的田地欠收,地租收不上来,寺中存粮不足,朱元璋入寺还不到两个月就被迫出去云游行乞,当了行脚僧。朱元璋既不会念经,也不会做佛事,他头戴破帽,穿着破烂的百衲衣,带着木鱼瓦钵,就像个地道的叫花子。就这样,三年里他走遍了安徽合肥、固始、归汝、淮阳、鹿邑和亳县、阜阳,风餐露宿,沿街乞讨,受尽风霜和欺辱。即使在登上皇位多年之后,这三年的乞丐境遇仍历历在目。也正是这一段沦为乞丐的切身经历,使少年朱元璋眼界大开,结识了许多江湖朋友,增长了见识;同时也造就了他勇敢、坚强的品质,乃至猜忌、残忍的性格。

武训

武训是清朝末年山东堂邑县武庄人。出身贫苦,在兄姐中排行第七,故名"武七"。"训"是清廷嘉奖他行乞兴学时所赐名字。

武训七岁丧父,从小以乞讨为生。十四岁后,他多次到大户人家当佣工。然而辛辛苦苦干完三年,到了领工钱的时候,大户人家却伪造了一本假账,欺负他不识字,谎称所有工钱早已支付。武训据理争辩,却被诬为"讹赖",遭到毒打,饱受欺侮。他气得口吐白沫,大病一场,领悟到以往因不识字吃的亏,便萌发了兴办义学的念头。

1859年,21岁的武训开始行乞集资。他手拿铜勺,肩背褡袋,边走边唱,四处乞讨,其足迹遍及山东、河北、河南、江苏等地。1886年,武训已置田二百三十亩,积资三千八百余吊,决定创建义学。1888年,他花费四千余吊,在柳林镇东门外建起第一所义学,取名"崇贤义塾"。他亲自用下跪的方式请有学问的进士、举人担任教师,又用同样的方式跪求贫寒人家送子上学。当年招生五十余人,不收任何学费。1890年,武训与寺院合作,又在今属临清市的杨二庄兴办了第二所义学。1896年,武训又靠行乞积蓄,并得临清官绅资助,于临清御史巷办起第三所义学。山东巡抚张曜闻知武训义行,特下示召见,并下令免征义学学田钱粮和徭役,另赏银二百两,同时奏请光绪帝颁给武训"乐善好施"匾额,授予"义学正"名号,赏穿黄马褂。武训由此名声大振。

第三章　赌博的故事

Chapter 3 >>>>>

　　博戏是中国赌博文化现象的主流。它充分表现了中国赌博文化重游戏、重技巧的特点。在几千年中国赌博史发展的过程中,这一类型较多地继承了古代博戏的传统,又在不同时期、不同朝代与政治、经济相结合,不断出新、不断发展完善,形成了不同时期的社会风气流行,丰富着中国的赌博文化。

五花八门的赌博术

几千年来,中国的赌博术经历了多种多样的演变,可谓五花八门、千奇百怪,其大致可以分为三大系统,分别是"博戏类"、"斗物类"和"彩票类"。

"博戏类"是中国赌博文化中流行最广泛、影响最深远的一个门类。博戏的种类尤多,演变也最为繁复,它充分表现了中国赌博文化重游戏、重技巧的特点,可以说是中国赌博的主流。博戏类又可细分为"博棋类"、"骰子类"、"牌戏类"和"钱戏类"等几种。"博棋类"包括中国博戏的老祖宗"六博",还有它的变种,以及其他类似的博戏。它们的共同特点是,一般都由局(棋盘)、棋子和投子几种主要道具组成,掷投子行棋以决胜负,既斗巧亦斗智,而其中前者的因素明显大于后者。本类中以六博、双陆和打马等几种最有代表性。

"骰子类"的出现晚于"博戏类",是由博棋道具之一的投子演变发展而来。古代人们博戏时,靠掷投子所得的结果来行棋。后来,人们省去行棋,专门掷骰子以决胜负,于是成为新的博戏类型。多枚正六面体的骰子可以形成多种排列组合,从而极大地丰富了骰子博戏的类型。其中比较常见的有彩战、赶老羊、摇摊、压宝和升官图等。骰子还是骨牌、麻将牌等博戏中不可或缺的重要道具。

"牌戏类"有纸牌和骨牌两种。纸牌最早产生于唐代,称为叶子戏,到明代以后演变为马吊牌、混江牌、默和牌等多种牌戏。骨牌直接由骰子演变而成,常见的骨牌种类有宣和牌与牌九两种。后来,纸牌的内容和骨牌的外形相结合,形成了近代以来最为盛行的博戏——麻将牌,影响至今仍在,甚至被称为"国技"。

"钱戏"产生于汉代,是以中国铜钱为道具的博戏,一直延续到 20 世纪,是延续时间最长的博戏之一。钱戏的种类有猜铜钱个数的掩钱、番摊和猜正反面排列组合的关扑等。

斗动物,原本是一种竞争性很强的竞技游戏,但很容易演变为赌博。在中国,最迟自春秋时起,人们就开始了以斗动物为手段的赌博。两千多年来,用于赌博的斗物戏名目繁多,如斗鸡、走狗、赛马、斗鹅、斗鹌鹑、斗蟋蟀、斗鱼等。其中最具代表性、最为流行的莫过于斗鸡和斗蟋蟀。

所谓"彩票类"赌博,是为了取得巨额利润而由专门的机构主持,面向社会各阶层进行的大规模商业性赌博投机活动。中国的彩票类赌博是参照西方彩票的发行规则而出现的,最早具有彩票性质的赌博是清朝乾隆、嘉庆年间产生于浙西的"花会"。鸦片战争以后,随着西方资本和文化的侵入,沿海地区特别是通商口岸逐渐出现了各种商业性的彩票类赌博,其中影响较大的有白鸽票、山票、铺票、吕宋票和西洋赛马等几种。

十赌九骗

赌博是一种以财物为赌注的输赢游戏,古今中外的赌徒们为了取得游戏的胜利,赢取更多的钱财,可谓绞尽脑汁,想出了花样繁多的舞弊和行骗之术。这些骗术几乎存在于所有的赌博方式中,正如俗话所说的"十赌九骗"。

赌博骗术大约可分为两类,一类是在赌具上做手脚,利用作伪的赌具赢得胜利;另一类是赌徒们结成团伙,用各种"妙计"骗取单独赌客的钱财。事实上,在许多场合,这两类骗术是结合在一起使用的。

赌博的骗术五花八门,其中最常见的是骰子舞弊,而最常见的骰子舞弊方法就是灌铅和灌水银。铅和水银是密度很大的金属,灌了铅和水银的骰子一边轻一边重,能随心所欲地掷出想要的点数。所以赌徒中流行一句话:"骰子灌铅,赢钱不难;灌了水银,点铁成金。"使用这种骰子舞弊的方法一般是"掉包"。赌徒随身准备两副外表一模一样的骰子,一真一假,开始先用真的,待赌局进行到白热化、赌注增大之时,再乘人不备将假骰子偷换掷出,赢钱之后又伺机换回来。这种方法本身需要灵活而隐蔽的手法,没有经过长期训练的职业赌徒是很难办到的。在武侠小说《鹿鼎记》中,主角韦小宝就是一个掷骰子的高手。他在遭遇险境、千钧一发时,往往能凭借灌了铅或水银的骰子化险为夷。

牌九的舞弊行骗手法也很惊人。最常见的是认牌法,就是将一副骨牌三十二张全部根据背面的竹纹默记下来,自然无往而不胜。另外一类手法是"掉牌法",其中一种称为"袖箭",就是预先在袖子里带上几张牌,必要时取出一张与某张牌调换,以凑成"至尊"或"天牌对"之类的大牌。而且在洗牌时还要将原牌调换,以免闹出三张天牌或两张幺鸡之类的笑话,被人识破骗术。另外一种称为"龙摆尾",就是在每次洗牌时预先拣出一副大牌,砌在底层,等到出现大注时,用隐秘的手法将这副牌换下,以手中小牌补上。当然,这些近乎杂耍的手法是要经过长期训练的。

号称"国技"的麻将牌,作弊的方法也不少。最常见的是"抬轿子",也就是两人或三人串通作弊,大多为两人串通一气,欺骗其他两人。行骗的两人之间通风递暗号的手法俗称"令子",分为口令和手令。口令是以某字代替某类牌;手令是用各种手势、表情或香烟火柴的不同位置,以及移动面前的哪张牌等来暗示对方打哪张牌。比较起来,手令更加隐蔽而多样,颇受赌徒青睐。

在广东,赌博舞弊叫做"出老千"。在赌徒云集的赌馆之中,不仅普通赌徒出老千,主持赌博的赌馆本身就是最大的老千。"火伴诱人,牙行弄鬼",其实这是大多数人都知道的常识,但赌徒照样趋之若鹜,大多自恃聪明机变,不会上当。但古往今来,在赌桌上被骗而导致血本无归甚至家破人亡的赌徒绝不在少数。

Chapter3 第三章
赌博的故事

酷爱赌博的女词人

在中国古代,妇女也是赌博文化的一个重要载体。不过,同男人比起来,妇女赌博中消遣和游戏的成分要大得多。正因为如此,她们大多采用游戏色彩较浓、技巧性较强的博戏。在唐代,妇女们喜爱"双陆"和"叶子";明清以至近代,则流行纸牌和麻将;而在宋元时期,在妇女中盛行的博戏,则以"打马"最受欢迎。

李清照是北宋时期人,也是中国古代最负盛名的女词人,她的词作清丽婉约,自成一家,艺术成就丝毫不让须眉。同时,这位才情绝世的才女,还是一个迷恋赌博的博戏专家。她曾在《打马图经》中自谓:

"予性喜博,凡所谓博者,皆耽之昼夜,每忘寝食。但平生随多寡未尝不进者何?精而已。"

李清照酷爱博戏,她对古今流行的各种博戏都作了一番考察。当时,流行于妇女之中的"闺房杂戏"主要有"彩选"和"打马"两种,李清照认为"彩选从繁,劳于检阅,故能通者少,难遇劲敌",因而特别喜爱打马。为此,她还专门撰写了《打马图经》,将这种博戏的道具和规则详细记录下来,为我们今天的研究留下了一套详尽的资料。

北宋末年,金兵南侵,李清照颠沛流离,四处迁徙,她的丈夫赵明诚也在兵荒马乱中病逝。李清照的博具尽散,但心中却从未忘记打马,一旦安居下来,舍舟车而见轩窗,她就马上想起"博弈之事"。这种对赌博的迷恋和坦然的态度,丝毫不输男子。李清照的词作虽多以婉约细腻见长,但在《打马图经》开头的《打马赋》中,竟出现了"故绕床大叫,五木皆卢;沥酒一呼,六子尽赤。平生不负,遂成剑阁之师;别墅未输,已破潍淝之贼"这样豪放畅快的文字。

历史上禁赌的法律法规

历史上,统治集团为使社会安定,对赌博活动的法律制裁是极为严厉的。战国时的法律规定,凡"赌博戏财"者,要处以"罚金三币",如果是太子赌博,则处以笞刑。秦代的法律条文亦有相同的记载。

汉初,高祖刘邦将禁赌的重点放在上层,凡官吏"博戏"财物者,罢黜官职,"籍其财"——不但没收赃款赃物,还要罚得他倾家荡产。汉武帝时,翩侯黄遂因赌博而被判处仅次于死刑的带刑具服苦役罪。另外两名翩侯张拾、蔡辟方也因赌博被削掉爵位,至此赌风在当时官场敛迹。

唐朝对于聚赌者律定"杖一百",如是设赌抽头渔利者,律定"计赃准盗论"。唐玄宗时,社会风气趋于奢靡,从皇帝、贵族、百官直至下层小民都沉迷于赌博,《唐律疏义》的禁赌法规成为一纸空文。五代十国后期天下大乱,盗贼四起,赌风日盛。故北宋开国后,宋太祖制定律条:凡在京城赌博者一律处斩,凡隐匿赌徒不报者与之同罪,京城以外犯赌博罪的一律发配充军。这种以铁血手腕治赌的办法尽管残酷,却起到了净化作用,一时社会安定,民风开化,出现了经济繁荣的景象。两宋时期,一方面城市经济迅速发展,社会生活丰富多彩,赌博随之兴盛;另一方面出于中央集权的加强,禁赌的规定亦更加严厉。

明代对赌博罪的处罚分为三等,官吏参与赌博者罪加一等;"赌后犯"——即未被抓现行,事后被供出者,亦与现行犯同罪;对"赌头"重治,不但籍没家产,其成年的子孙要被罚做苦役或发配充军。清代基本上沿袭明制,同时增加律条,官吏赌博要革职,从此不予录用,而且不准花钱减罪。

第四章　流氓的故事
Chapter 4　>>>>>

　　提到流氓一词,人们并不陌生,然而若要细究其由来以及实质却很难道明其所以然。流氓的概念如何界定?从古到今,它是如何演化的?有哪些"著名"的代表人物?他们对社会生活有哪些影响?通过本章我们可以对这一社会群休有一个全面的了解。

Chapter4 第四章
流氓的故事

流氓的类型

流氓这个词由流和氓两个字组成，流是流动的意思，氓在古时候就是指百姓。所以，流氓最基本的意义，是指无业无产的游民，这是以个人的经济地位和社会身份作为归划标准的。清人所著的《说文解字注》中讲道："氓与民小别，盖自他乡归往之民则谓之氓，故字从民亡。"在此基础上，人们逐渐将无业游民中为非作歹、破坏社会秩序的人归入"流氓"一类。今天，流氓的标准定义就是放刁、撒赖、施展下流手法，诸如打架斗殴、猥亵强奸妇女、扰乱破坏社会秩序等的人。古往今来，和流氓一词意义相近或相同的称谓还有很多，诸如闾巷少年、泼皮、顽徒、棍徒、无赖、混混儿、青皮、痞子、白相人等。

流氓可以分为许多类型。

豪强恶霸

豪强恶霸一类的流氓，常常在某个区域范围内行凶称霸，横行不法，为所欲为，无所忌惮，以至于无人能管，常常闹得一方鸡犬不宁，百姓怨声载道。按照他们活动范围的社会领域不同，豪强恶霸又包括村霸、渡霸、市霸、盐霸等。

村霸以自己居住地的村镇为活动范围，以街坊近邻为欺压的对象，强抢豪夺，任意妄为。例如，《晋书·周处传》中描写的周处，年轻时蛮横强悍，好勇斗狠，就是典型的村霸。后来他上山杀虎、下河斩蛟，继而幡然悔悟，改过自新，留下了"周处除三害"的美谈。村霸除了蛮横无耻，往往还勾结当地衙门作为后台靠山，与地方官吏沆瀣一气，使被害者上诉无门，气焰异常嚣张。

渡霸，顾名思义，就是指流氓霸占渡口作为活动领域，向摆渡者敲诈勒索，如果不允，就大打出手，有时甚至杀人越货。

市霸，包括在市场上欺行霸市，垄断价格，乃至公然抢劫、勒索等。流氓从事买卖经商，绝不会像商人那样奉公守法，而是采用非法手段来牟取暴利。两宋年间，城市经济极大发展，市场繁荣，买卖兴旺，流氓们见有利可图，纷纷结为团伙，公然欺行霸市，垄断买卖。遇有乡民到集市做买卖而不通过他们，这些流氓就群起而攻之。

流氓和娼妓往往相互依赖为生，流氓靠娼妓赚钱，娼妓则把流氓当做靠山。然而两者又绝不平等，流氓可以欺侮、玩弄妓女，而妓女只不过是流氓赚钱的工具罢了。流氓或者直接开办妓院，或者插手妓院活动，与老鸨、龟公合伙逼良为娼，或者抢劫妓女、讹诈嫖客，唯利是图。

无赖

流氓中有一类人惯会使用放刁撒泼、强夺硬取、装疯卖傻、死赖活缠的手段，被称为泼皮无赖。这种人通常毫无羞耻之心，为了达到卑劣的目的，可以无所不用其极。无赖产生于古时候的"惰民"，他们不思劳动，贫而无行，人穷志短，为了生存不择手段，所以凡是被他们缠上的人，斗不过又躲不了，往往丢尽脸面、甘拜下风。《史记·淮阴侯列传》中记载了韩信早年蒙受"胯下之辱"的故事，其中那个撒泼耍赖，对韩信百般刁难的"屠中少年"就是典型的无赖型流氓。

闲汉

闲汉，又称篾片、游手、厮波、闲子、闲人、吃白食的等。它的产生和中国古代的养士制度有关，源头可追溯到战国时期的食客。他们之中虽然不乏像毛遂、荆轲那样的能人义士，但确实也有不少流氓习气十足。他们往往媚上欺下，或唆使主子骄奢淫逸，或为主子出谋划策、助纣为虐。正如鲁迅说的，"主子闲时帮闲，在忙的时候就是帮忙，倘若主子忙于行凶作恶，那自然也就是帮凶"。如《水浒传》中的陆谦、富安就是太尉高俅的走狗,为高衙内调戏林冲娘子、陷害林冲出尽坏主意。当然,闲汉型流氓的最终着眼点,还是在自身利益。他们有时为了捞取更多的钱财利益,往往摆下迷魂阵,诱使一些阅历不深、不谙世故的主子掉进圈套,以致败尽家产,毁尽祖业。这类流氓虽然很少直接出面作恶,但他们在丑恶的真面目之外披上了一层伪装,其手段之卑劣比其他流氓犹有过之。

淫棍

　　自古以来,对放荡淫乱型流氓的称呼有许多种,诸如淫棍、色狼、采花淫贼等。在传统道德大行其道的封建社会中,人们对放荡淫乱型流氓尤其歧视和轻蔑,甚至连一些流氓盗匪都对奸淫他人妻女的行为十分不齿,认为那是最下三烂的罪行,肯定会遭恶报天谴。这类流氓大多是倚仗强势或武力,想方设法调戏、污辱、诱奸、强暴妇女,发泄兽欲。清时的恶匪窦尔敦,每天半夜越墙进入人家,持刀闯入寝室,往往一家老少妇女俱遭奸污。如果有女子生得美丽,他就索性用被褥一包挟持而去,黎明方才送回。若被奸污的女子泄露了他的奸情,就会被其趁夜劫走,再不送回。女子往往在被淫棍欺辱的时候会奋力反抗,这些淫棍们还会使出更恶劣的行为相逼,手段极其卑劣,古代有不少烈性的女子在他们的逼迫下自尽全节。

　　除了调戏、奸污女子的淫棍之外,古代还有一类喜好男色的流氓,专门对男人施行勾引和强暴。更有些流氓,既引诱男子,又乘机奸淫妇女,或者兽欲的发泄对象上至父兄的妻妾,下至儿媳妇甚至亲生女儿,无视人伦道德、社会法纪,与禽兽毫无二致,成为最令人唾弃的无耻之徒。

文身的演变

文身,就是用各种颜料刺人皮肤,绘成不同的人物、字画的形象,所用的颜料多为青黑色,这种形象会永久存在于皮肤上而不会消失。文身本来是古代荆楚、南越一带的习俗,起源很早。

《礼记》中就曾记载:"东方日夷,被发文身。"唐代末年到两宋时期,原本具有图腾含义的文身在全社会风行起来,逐渐成为无赖恶少的特殊身份标记。

《清异录》云:"自唐末,无赖男子以札刺相高。"文身图案的内容,除了表示恶少年的身份、作为团伙标记之外,主要还用来表示勇武,恐吓对方;或炫耀自身,引人注目;或乞求老天或神佛保佑,从而增强自己的意志、力量等。

宋代文身风气很盛。宋徽宗时候,有恶少在腿上刺青,在都城东京的大街上骑马追逐妓女,放纵猖狂,市民们称之为"花腿马"。《水浒传》中的梁山好汉更是有不少人身上都有文身,当时称为"花绣"。比如九纹龙史进就"刺着一身青龙",他的父亲向八十万禁军教头介绍说:"请高手匠人与他刺了这身花绣,肩臂胸膛总有九条龙,满县人口顺,都叫他九纹龙史进。"

而且从《水浒传》看来,在宋代人眼中,"文身"越多越会成为美貌的象征。

凡是漂亮人物,必是身有"文身"的人。如《水浒传》第四十四回中的杨雄:"那人生得好表人物,露出蓝靛般一身花绣。"这样的男子是最易得到妇女喜爱的。南宋永康军有一妓女在拜谒灵王庙时,见门外站着一个马卒,"颀然而长,容壮伟硕。两股文绣飞动,谛观慕之,眷恋不能去"。浪子燕青也是凭着一身"似玉亭柱上铺着软翠"的"花绣",引得东京名妓李师师要求他脱衣"求观",并忍不住伸手"去摸他身上"。

  两宋时,不光是市井流氓,连朝中官兵乃至文人雅士都喜欢在身上刺上诗文或图案,比如抗金名将岳飞的背上就刺有"精忠报国"四字,以表明心迹。但从唐宋以后,直到明清和近代乃至现代,文身越来越成了流氓无赖的专利,以致平常百姓一见到身上文有刺青的人物,就以为是泼皮无赖之流,犹恐避之不及。

流氓千奇百怪的诨号

诨号也叫绰号,是在人的本名以外,根据某些特征另起的名字。流氓一般都有诨名,叫起来顺口、响亮,听后难以忘记。《南宋市肆记》中就曾记载了一些流氓的诨名:"顽徒如拦路虎、九条龙之徒,尤为市井之害。"可知在南宋时,就有流氓以诨名著称。

清光绪十三年(1887),在北京南城樱桃斜街一带,"裕庆恒会"的流氓头子杨魁龙,绰号拦路虎杨三;"源丰厚会"的头子廖凤仪,绰号小金刚廖大。京东一带的流氓头目绰号为金骡子、快马张三,专门抢劫民间马骡,勒令取赎。延庆县流氓头子张有德,后改称张桂林,当地人称之为黑张老,绰号东霸天、一只虎。东直门外北带桥一带地方有流氓小军师王三、坐地虎田逢春、小鬼刘史、白面虎李大黑、太岁马三赛、判官张三、独爪龙刁大等。

流氓起诨名,为的是表示自己凶横野蛮,以吓唬别人。尤其是流氓头子,多采用凶狠的动物如虎之类,或神话传说中执掌一方大权、神力无边的龙、阎王、太岁等为绰号,不仅使老百姓闻而生畏、望而却步,而且在同行中会造成一种声势,令人不敢随意侵犯其领地及利益。而普通的小喽啰只能根据自己作案的手段或某一方面的擅长和特征起个绰号,比如"洒墨判官"表示擅长写刁状讼词,"钻仓鼠"表示惯窃仓储,"强孺利"表示凶横无耻、唯利是图,"野火儿"表示擅长无事生非、浑水摸鱼,"铁巴掌"表示拳硬好斗,"小军师"表示聪明有智慧等。

流氓的诨名,有流氓自己命名的,也有流氓集团的众小喽啰吹嘘出来的,还有小民百姓叫出来的。老百姓主动给流氓起的绰号,一般来说完全是一种詈骂,不过只能私下偷偷骂几句,以泄心头之恨。

流氓的犯罪手段

骗、诈、偷、抢、打,这是流氓进行流氓活动时最常用的手段。这些犯罪手段,其他的社会犯罪团伙也会使用其中的一种或数种,比如强盗经常抢、打,窃贼经常偷窃等,但只有流氓是全面综合地使用这几种手法,来实现他们的目的。这些手段中,最能反映流氓特征的是讹诈和殴打两种。

行骗

骗是流氓惯用的手法之一。流氓行骗,非常讲究骗术,千奇百怪,令人难以识破。乔装打扮,冒充某个大官,或者某皇室宗亲,公然行骗,这是流氓常用的行骗伎俩之一,用这种方法往往可以轻而易举地达到目的。这是因为他们深知普通老百姓怕官,明知吃亏也不敢理论。而且旧时官场官官相护,地方官吏只要得了好处,也会对流氓的行骗睁一只眼、闭一只眼,不去深追细究。

流氓还经常利用宗教迷信行骗。他们惯会装神弄鬼,借鬼神之名愚弄善男信女,且往往能获得意想不到的效果。传说有一年冬天,天津大雪,好事者堆雪做了个弥勒佛,低眉垂目,笑容可掬,右手持牟尼珠,左手持布袋,旁边还有两个侍者。信男信女见了都膜拜作礼,还有人供奉香烛。几个市井无赖就在雪堆佛像四周搭了个棚子,棚前悬了两盏红灯笼,俨然一座佛殿。由于瞻礼之人极多,香气烛光熏蒸终日,结果没几天雪佛就融化了,而这几个无赖已经乘机骗得了不少钱财。

为了诱人上当,流氓还惯于事先设下机关,摆下迷魂阵,让被骗的人不明就里,稀里糊涂地中圈套。还有流氓拐骗妇女,或供自己淫乱奸辱,或卖给妓院,或卖到他乡,赚取钱财,一个好端端的家庭往往因此给弄得妻离子散、家破人亡。

讹诈

所谓讹诈,是指利用威胁恫吓方段,向他人强行索取财物,这条最能反映流氓的无赖特色。流氓讹诈,手法花样非常多。日常生活中常见的有:

一、栽赃诬陷

就是流氓伪造事实,捏造罪名,对那些原本并没做错事,也没有任何把柄被人捏住的人栽赃嫁祸,败坏其声誉。清末时,上海流氓把栽赃讹诈叫做"装榫头"。具体做法是,流氓在市场商店看准对象后,便偷偷将皮夹子放入那人口袋,然后反咬一口,硬说对方偷了自己的钱,于是"人赃俱获"。帮手们拥上去拳打脚踢,过路人不知内情,也纷纷指责,最后必将受害人身上的钱物全部掏空方肯罢休。还有男女合伙,女流氓扮成家庭主妇,看准某个衣着笔挺又有点像没太见过世面的行人,突然冲过去打他一个耳光,诬陷他当街调戏妇女,同时假装委屈地又哭又闹。这时同伙的男流氓跑出来,对这行人大骂不止,使对方有口难辩,这时几个帮手又上来分扮红脸、白脸,劝解威胁,最后受害人只好自认倒霉,交钱以求息事宁人。

二、小题大做

流氓整日无所事事,东逛西荡,耳长眼尖,专门捕捉邻里街坊发生的新鲜事儿,抓住鸡毛蒜皮的小事大做文章。

三、乘人之危

如果有人遇到急欲解决的问题或者危难情况,流氓常常借机故意刁难,勒索钱财。

四、捏人把柄

这种把柄,有时是受害人自己惹出的,有些是流氓事先设下圈套,诱人上当受骗的。旧时有些无赖专门以自己的妻妾为诱饵,引人上当,讹人钱财,且成功率极高。据说,以前京师有靠老婆吃饭的无赖,其妻惯于涂脂抹粉,卖弄风情,勾引富家男子。待对方上当之后,无赖丈夫就会假作无意间撞见奸情,喊打喊杀,直等受害人同意出钱摆平,才算罢休。

五、招人痛打

旧时的法律也明文规定:打人犯法,杀人偿命。于是流氓无赖不惜玩命,故意在市井店铺中耍赖,招惹店家动手痛打,直到鲜血长流。最后店家因为怕惹官司,往往设法私下了结,好言安慰,赠给钱财,他才肯离开。有时泼皮无赖为了讹诈,甚至自残身体,以断肢、瞎眼之类相要挟。他伤的是自己的身体,没有触犯他人,所以不算犯法,官府也奈何不了他们。而且他们血流满身,令人望而生畏,如果惹出官司,更会纠缠不清,所以大多数人也只有满足他的讹诈伎俩,以消灾免祸。

盗窃

虽然盗贼并不等同于流氓,但偷窃确实是流氓常用的手法之一。一旦流氓开始偷盗,往往就加入了流氓所特有的狠毒、欺骗、讹诈、无赖的成分,令一般的盗贼自叹不如。首先,流氓生性好勇斗狠,偷窃时也往往以武力作后盾,以拳脚相威胁。人家没发现,他要偷;人家发现了,他还是要偷,受害人却无可奈何。其次,流氓通常将偷窃与刁钻无赖相结合,使人即使拿住了赃,也无法捉"贼"。还有一些流氓,从小出来"闯荡江湖",练就一身吞刀吐火、飞檐走壁的本领。于是,他们会因时因地运用这些一般人无法掌握的绝技,在人眼皮底下巧妙地偷窃。

抢劫

除了欺骗、讹诈之外,有些流氓为了更快地达到其目的,公然在光天化日之下强行抢劫。流氓抢劫的对象有人和物两类。

大凡流氓抢人有两个目的,一是强抢女性,占作妻妾或强行奸污,满足淫欲。明朝时,常州府有些市井无赖因贫穷无法娶亲,打听到某家有年轻貌美的女子,也不通媒约,趁女家不防备,就在半夜率众劫持而去。二是抢劫人口作为人质,又叫绑架,被绑之人称做肉票。主要是流氓看中了被绑者家中丰厚的财物,所以绑架来勒索赎金。流氓绑架肉票,一般看中的是有钱人家,但有时也会绑架一些中下层百姓。清朝道光、咸丰年间,北京的一些宗室子弟由于荒淫无度,乱花钱财,一旦两手空空之时,就来到荒僻的乡间劫掠农家小孩。第二天故意张贴招领,假称在路上捡到了小孩。农家前来领人时,他们就变着法儿勒索酬金,狠狠地敲诈一番才罢休。

不过,流氓毕竟不是江洋大盗,他们在抢劫之中往往掺入了无赖、欺骗的流氓手段。清朝年间,有人穿了双新靴子走在街上,一人忽然走来和他握手寒暄。穿靴者茫然地说:"我不认识你啊。"那人笑着说:"你穿了新靴子,就忘记故人了?"说罢随手掀下他的帽子抛到屋顶上。

穿靴者眼看就要急了,那人才假装恍然大悟,连忙道歉,承认自己看错了人,并且蹲下身去请穿靴者踩着自己肩头上房取帽子。穿靴者感激之余,为避免踩脏那人衣裳,必把靴子脱下来再上房。结果那人拿着靴子一溜烟儿跑得无影无踪,靴子的主人却只能拿着帽子光着脚站在房顶上连连叫苦。

殴打

动辄伸手打人,也是流氓惯用的伎俩之一。他们经常以殴打逞威风,威胁他人,毫无顾忌地进行流氓活动。流氓打人,凶狠残忍,讲究极多。有打人内伤而皮上不留痕迹的,有直接致人伤口的,有明打的,又有暗殴的,有单打独斗的,又有聚众群殴的,花样百出,不胜枚举。

流氓打人不一定事出有因,有时仅仅出于一言不合,或鸡毛蒜皮的小事,就可能大打出手,以此横行乡里。流氓又常常群聚斗殴,拼个你死我活。解放前天津的流氓团伙"混混儿",就将打群架看做正当行为,还有一定的步骤。

双方在打架前有的会约好时间地点,也有的采取突然袭击。双方会面后,通常不到三言两语,立即开战。大多数混混儿平日不练武术,拿着棍棒刀铲只是死打死砍,但一般只限于头破血流,折胳膊断腿,非必要时他们不愿酿出人命重案。

流氓还组成团伙,充当雇佣打手,并以此为生。雇主只要肯花大价钱,流氓都会按照雇主的要求去行凶打人。这一点更暴露了流氓极易被收买的无耻本质,也使得他们在近现代的旧社会中,常常沦为官僚及富翁的爪牙或走狗。

　　大多数流氓虽然凶狠残暴,但通常也不以凶杀害命为目的,以免造成血案,被追究法办,在当地无法安身。不过,当他们在使用其他流氓手段无法奏效时,也会迫于形势而狗急跳墙,害人性命。

第五章　娼妓的故事
Chapter 5　　　　　　　　　　>>>>>

中国娼妓,有文字记载的历史约有三千多年。每个朝代对娼妓有不同的叫法,殷代叫"巫娼",因为殷朝的巫风很重;西周时代叫"女闾",是从敌国的女奴隶中挑选出美貌年轻的供皇帝及贵族淫乐;汉代叫"营妓",以接待无妻室的军士,营妓从汉代盛行,经历六朝、唐、宋几代不衰,是名副其实的军妓。

Chapter5 第五章
娼妓的故事

娼妓的诞生与发展

中国古代娼妓的称呼，始见于唐代。据近人考证，"娼"字的本义与音乐有关，在先秦和秦汉时代，"倡"指的是女乐。明代《正字通》说："倡，倡优女乐，别作娼。"可见，古代娼妓起源于音乐歌舞，因此后世娼妓虽以卖淫为生，但声歌乐舞仍然是她们招徕客人的主要技艺。

据说早在夏朝时，末代君王夏桀就蓄有女乐、倡优三万人。这也许是后世风传，具体情况不得而知，但倡优的始作俑者肯定是统治者，这是毫无疑问的。有帝王带头，高官贵族蓄养的大量"家妓"便如雨后春笋般涌现出来，而且名目繁多，比如什么侍姬、小妾、声妓、歌姬、舞姬、美人之类。而为了满足平民百姓的类似欲望，又出现了官妓，也就是政府操办的妓业。最早发明官妓的，是春秋时齐国的宰相管仲。史书记载："管仲相桓公置女闾七百，征其夜合之资以富国。"

官妓由政府统一掌管。如越王勾践连年发兵攻吴，士兵思家，军心不稳，他便组织了一个"妇女慰问团"，用来鼓舞士气，这便开了"营妓"的先河。营妓也就是随军妇女。而正式的营妓始于汉代。家妓也在汉代以后极为兴盛，到南北朝时达到顶峰。与妾和婢相比，家妓的作用侧重于为主人提供艺术服务，而从家妓歌舞的水平往往可以看出主人的艺术修养。但是，家妓的艺术水平再高，容貌再美丽，在主人看来，也不过是一件高级奢侈品，与名马宝刀没什么两样。

后来，随着城市商业的发展，在官妓、家妓之外，又出现了私妓，这才是我们所说的青楼妓女。

私妓在先秦就已经出现，到六朝时开始活跃，至唐代走向兴盛，一直持续到宋元明清，成为中国古代社会一大文化奇观。私妓一般不是世代家传的妓女，也不是女奴、女俘，她们多来自社会各阶层的良家女子。她们的服务对象以三教九流的市民为主,只要有钱,来者不拒。所以,私妓接触的社会面比较宽,文化构成也比较复杂。她们的艺术修养在总体上比不了宫妓、官妓、家妓,所以,她们主要不是艺妓,而是色妓,或色艺兼备,一般都要为嫖客提供性服务。

明代中叶,朝廷取消了官妓制度,私妓更加发达。尤其自嘉靖、万历以后,皇帝倦于政事,官员士大夫则眠花宿柳。在这种风气影响下,私营娼妓大量发展起来。妓院越来越成为商业性的营利场所,使唐宋时主要以欣赏"艺"为目的的传统风气,转向更注重色相和肉欲。清初私营妓业更加勃兴,不仅下等妓院有所发展,而且各大中城市的上、中等妓院也迅速发展起来。乾隆以后,赌博、鸦片也逐渐流入青楼之中,娼、赌、毒搅在一起,更成了社会腐败的缩影。民国时期,由于战乱迭起,民不聊生,一批批穷人家的少妇与少女不得不卖身青楼,又由于列强入侵,租界对卖淫之风起着保护作用,成为藏污纳垢之地,所以民国时妓业比前清更为兴盛,从繁华都市到乡间城镇,从东南沿海到边远省份,遍地都是风流旗帜。

京城"八大胡同"

北京八大胡同,自清朝光绪中期开始蓄歌妓,称"小班",直到近代,成为北京妓院密集的地区,也成为花街柳巷的代名词。它们主要包括韩家潭、百顺胡同、石头胡同、小李纱帽胡同、朱家胡同、朱茅胡同、傅兴胡同、王广福斜街等处。妓院按其房屋、设备条件、妓女的年龄、容貌、技艺和接待的嫖客地位、身份等,分为四等。一等即"清吟小班",分布在八大胡同内,院内陈设豪华,妓女年轻漂亮,有的擅长弹唱,稍有文化。嫖客多为中上层军政人员,名流士绅,富商巨子;二等称"茶室",分布在朱茅、石头、小李纱帽等胡同。房内陈设稍逊于一等,妓女年轻,体态匀称,嫖客多为中等工商业者、地主、中下级军官。三等称"下处",房屋摆设较差,妓女年龄较大,长相也较一般。分布在珠市大街、朝阳门外等处。嫖客多为小经营者、店员、手艺人、跑单帮的生意人。最悲惨的四等妓院叫"小下处"或"老妈堂",房屋简陋,室内多土炕。妓女年龄一般都较大,长相不好,身价低廉。嫖客多为三轮车夫、脚行夫、理发匠、澡堂工人、煤矿工人、排子车夫、卖菜的等卖苦力的人。分布在前门外、崇文门外等处。

清代私人经营妓业以来,妓女和妓院的关系大概分两种情况:一种是妓女被卖身或典押给妓院,立有卖身契,挣的钱尽归老板。其中有的有一定的年限,有的则终身失去自由,这是妓女中的大多数。另一种是"自混"的,即妓女与妓院签有一定的合同,她们一般不遭毒打,但挣的钱老板要批账,妓女所得极少。三、四等妓女最苦,白天黑夜都要接客,挨鞭子、跪搓板、饿肚子是家常便饭。领家打她们时,口里还叨念"妓女是摇钱树,不打不落钱"。若是妓女是班主或领家买来的人,则以肉体由人蹂躏所换来的钱悉数上交,自己一文也得不到享用。按妓院的常例,妓女营业所得,是班主与妓女平分。但有领家或班主的,则每日算账时,所有入息多少，妓女所应得之分，都由领家和班主直接拿走。曾有一妓女为妓十年，竟不知道自己每月所入多少，可以想见她们被剥削得多么厉害。这种妓女，极不自由，到什么地方都有领家的亲信人或领家自己跟着，晚上有客留宿的时候，也有人在暗中监督。

　　妓女之所以操此卖淫生涯，并不都是自愿的，其中因被压迫而做妓女的，所受的刑罚，非常人所能想到。在妓院受班主和领家不堪入耳的咒骂，已是司空见惯，打的花样更是不尽相同。在平日妓女如有招待客人不周到的地方，或待客人太好，待客人走后，就难免要受责打，打时用棍用铁条都不定，最残忍的如用火烧红的通条来打，用猫放在妓女的裤裆中，可以说是惨绝人寰。至于像不许吃饭、罚跪、关在黑房、捆起手脚来审问等，都是她们常受的刑罚。

　　有些妓女是被人贩子拐卖来的，卖进妓院就没有一点自由，以接客卖淫为主要业务，以中下等社会男子为主要营业对象。每晚均须外出接客，不管刮风下雨，还是天寒地冻，非重病不得休养。她们主要到茶肆酒馆、娱乐场所物色客人，或在热闹的马路上兜圈子，得客就相随而归，或立于街头巷口逢人招呼，甚至动手拖拉。妓女拉客，有"搭客娘姨"（多是年老色衰的野鸡）跟着，名为保护，实则监督，负责与嫖客谈交易价钱。营业发达时，每晚接客有三四人之多。倘若夜深人静，仍然无人光顾，就要受到老鸨种种残酷的责罚。拉客所得也几乎全归妓院老板。

妓院也有规矩

旧社会，妓院老板称为"本家"、"把式"。人们一般俗称女老板为"老鸨"，男老板为"龟公"，但妓院主本人极其忌讳这种称呼。鸨，是一种鸟，传说这种鸟可以和各种鸟交配，生性喜淫无厌，民间便用来比喻妓院女老板。龟，古代传说没有雄性，与蛇交配而产卵；又因为唐代起教坊乐户都戴绣有"乐"字的绿头巾，而乌龟的头也是绿色，人们便以龟比喻开设妓院的男子。妓院主投资经营妓院，称"铺房间"，妓院的靠山，称为"撑头"。妓女中还没有留客过夜的处女称为"清倌人"、"小先生"；而处女第一次留宿称"梳拢"、"开苞"，经梳拢的妓女称为"浑倌人"、"先生"。

为了最大限度赚钱营利，妓院制订了一整套营业规矩，打茶围、叫局、吃花酒（民国以后称做花头）是嫖妓的必经之路。一般高等妓院必须将这三部曲一一"演奏"完毕，才能"落水"。

打茶围是嫖妓的第一步。一个生客初入高级妓院打茶围时，外场一见来人是生面孔，便用堂中茶碗泡一碗茶。这个茶碗往往小而粗，称圆头茶碗，专待第一次上门的生客。生客经人介绍看中了某个妓女时，这个妓女便从自己房中拿出一只精致的茶碗，泡好茶亲手捧给客人，称之为"加茶碗"，表示与客人订交，也称"攀相好"。打过茶围以后，嫖客就成了妓女的相好，既可随时上门，也可随时叫局应召。

第二步是叫局。在旧中国，男子聚会没有带夫人的习惯，一般良家妇女、大家闺秀平时深居简出，从来不在社交场合露面。因此，在大多数男子聚会的场合，似乎就非有娼妓不能尽欢，座客中如有人没有妓女相伴，就会很没有面子。于是，叫妓女陪席，就成为一种社会风气。嫖客叫局要用局票，是一种质地很差的小红纸。嫖客叫局都让仆人或酒馆跑堂送局票，而妓女出局风雨无阻，不能随便推托。

江湖的故事

第三步为吃花酒。嫖客和妓女来往一段时间后,嫖客便在妓女的香闺中摆酒宴客,邀请朋友来捧场,表示嫖客和妓女之间关系加深,予以公开。摆过花酒后,嫖客就算和这个妓女定了情。有许多达官贵人、富商巨贾就此把一个妓女包下来,她的吃、穿、玩等一切开销统统由嫖客支付,嫖客还要付给老鸨巨款。即使如此,妓女照样出局应酬。旧上海的高级妓女往往有五六个乃至十几个嫖客供养。

Chapter5 第五章
娼妓的故事

中国历史上的名妓

历史上第一个享有盛名的妓女,大概要推南齐时的苏小小。关于她的身世、经历的文献材料,几近于零。然而历朝历代都不乏题咏、缅怀她的诗文,仅《全唐诗》中就不下百篇。关于苏小小的墓,也有嘉兴和杭州两种说法。从苏小小开始,中国历代差不多都有被人传颂的名妓,她们不仅有过人的容貌,而且有过人的才情。她们或温婉,或刚烈,或深情,或大义,用自己短暂而璀璨的生命,在中国历史上留下了哀艳的一笔。

薛涛

薛涛出身书香门第,只因父亲过早去世,贫寒的家境使其不幸沦为乐妓。她酷爱诗文,虽身处逆境,却从不放弃研读,也正因如此,她在诗词、音律等方面有着很高的素养。闲暇时,她在成都浣花溪采用木芙蓉皮做原料,加入芙蓉花汁,制成深红色精美的小彩笺,用于酬和。浣花溪水清质滑,所造纸笺光洁可爱,为别处所不及,彩笺因之被誉为"浣花笺",也叫"薛涛笺"。

薛涛幼时即显露出过人天赋,八岁时,其父曾以"咏梧桐"为题,吟了两句诗:"庭除一古桐,耸干入云中。"薛涛应声即对:"枝迎南北鸟,叶送往来风。"薛涛的对句似乎预示了她一生迎来送往的命运。

唐德宗年间,能诗善文的官员韦皋听说薛涛诗才出众,且是官宦之后,便破格将她召到帅府侍宴赋诗,"女校书"、"扫眉才子"之名从此不胫而走。薛涛和当时著名诗人元稹、白居易、张籍、王建、刘禹锡、杜牧、张祜等人都有唱酬交往,晚年喜欢做女道士装束,于碧鸡坊建吟诗楼,在清幽的生活中度过余生。

鱼玄机

鱼玄机是唐代长安人,字幼薇,生于长安城郊一位落拓士人之家。父亲饱读诗书,却一生功名未成。幼薇在父亲的栽培下,从小就能诵诗作文,后来还成为著名词人温庭筠的女弟子。约在公元865年,幼薇嫁给当时的状元李亿为妾,但是为李亿的原配夫人所不容,只好出家到咸宜观成了女道士,道号玄机。被李亿抛弃后,鱼玄机一改以往的洁身自好,开始放纵起来。她在观中收了几个徒弟充当侍女,在观外贴出"鱼玄机诗文候教",顿时观中宾客盈门。鱼玄机与香客文人整日品茶谈诗,相貌英俊、才华出众者则被她留宿观中。后来,她由于怀疑自己的女徒弟绿珠与客人私通,将绿珠鞭笞而死。东窗事发,年仅二十六岁的鱼玄机亦被处死。

李师师

北宋末年的名妓李师师,本姓王,四岁时亡父,以经营妓院为业的李蕴见她是个美人坯子,于是将她收养,并随其姓,改名为李师师。由于她与亡国之君宋徽宗有密切的关系,又加上《水浒传》中说她与梁山好汉宋江、燕青也有关系,于是便成了一个人人皆知的宣和年间的风流人物。

李师师貌若天仙,而且琴棋书画无所不通。文人的笔记小说中记载着不少有关她与人交往的事例,尤其是她与大词人周邦彦、晁冲之的来往和诗词酬答,甚至附会出周邦彦与宋徽宗为她争风吃醋的故事来。当时,李师师作为一个名满京华、色艺冠绝的名妓,住在金线巷,宋徽宗听说她的名声之后,竟微服私寻至金线巷。后来更常常坐着小轿子,带着几名内臣,与李师师来往。这件事很快被传得满城风雨,宋徽宗见事既已为人所知,便不再偷偷摸摸,干脆把她接入宫内,封为瀛国夫人(有人说是封为李明妃)。可惜好景不长,不久,金兵进逼京师,徽宗将皇位让给儿子宋钦宗,自己躲进太乙宫做起了"道君教主"。李师师也被逐出宫门,地位一落千丈。李师师出宫之后,下落有两种说法:一是被驱逐之后,接着又被

Chapter5 第五章
娼妓的故事

抄家；二是她主动将自己的财富捐给河北作军饷。不管如何，曾经名噪一时、富甲一方的李师师最终成了平民女子。

柳如是

柳如是，名是，字如是，号河东君，又号蘼芜君，明末浙江嘉兴人。柳如是本姓杨，名爱，后改姓柳，因读辛弃疾词"我见青山多妩媚，料青山见我应如是"，故改名如是。自幼聪慧好学，但由于家贫，从小就被卖到吴江为婢，妙龄时堕入青楼。由于她美艳绝代，才气过人，成为秦淮名妓，留下了不少值得传颂的佳话和富有文采的诗稿尺牍。

柳如是二十余岁时，嫁给年过半百的东林领袖、文名颇著的大官僚钱谦益。清军占领北京后，柳如是支持钱谦益当了南明弘光小朝廷的礼部尚书。不久，清军南下，南明覆灭，柳如是要与钱谦益一起投水殉国，钱谦益只用脚试了一下水，说道："水太冷，不能下。"柳如是于是"奋身欲沉池水中"，被钱谦益硬拖住。

后来钱谦益投降了清廷，去北京做官，柳如是坚持留在南京。钱谦益做了礼部侍郎兼翰林学士，在柳如是的影响下，他半年后便称病辞归。后来他又因案件株连，吃了两次官司，都是柳如是在病中为他四处打点，营救他出狱，并鼓励他与尚在抗清的郑成功等人联系。她还尽全力资助、慰劳抗清义军，表现出强烈的民族气节。钱谦益降清，本应为后世所诟病，但因为柳如是的义行，人们对他的反感淡了不少。1664年钱谦益去世后，乡里族人欲夺其房产，柳如是为了保护钱家产业，竟上吊自尽。恶棍们虽被吓走，一代才女却这样草草结束了一生。

陈圆圆

明朝末年，李自成领导的农民起义军逼近京师，崇祯帝急召吴三桂镇守山海关。吴三桂出征前，有官员设宴为他饯行，席中妓女出身的歌姬陈圆圆歌舞助兴。吴三桂见到陈圆圆的美貌，神驰心荡，又欣赏到她的才艺，更觉欲罢不能，当即就将她带回了府中。在父亲的一再劝说下，吴三桂将陈圆圆留在京城府中,以防招惹是非,而后动身前往山海关。

　　李自成打进北京后,陈圆圆被义军将领所掠,李自成写信要求吴三桂投降。吴三桂刚欲就范,忽然听说陈圆圆已被李自成的部将所占,冲冠一怒,投降了清军。在他的引领下,清军从山海关长驱直入,很快打败农民军,进占北京。李自成战败后,将吴三桂的家人全部杀死,然后逃离京城。吴三桂为报杀父夺妻之仇,昼夜追杀农民军直到山西。此时吴的部将在京城找到了陈圆圆,于是吴三桂带着陈圆圆由秦入蜀,然后独占云南。清朝平定天下后,封吴三桂为云南王,吴三桂本欲将陈圆圆立为正妃,但陈圆圆此时已经看透世情,坚辞不受,而且从此独居别院,后来削发为尼,吃斋礼佛。吴三桂掀起三藩之乱后,陈圆圆自沉于五华山华国寺的莲花池。

第六章 文人的故事
Chapter 6

中国的历代文人,不仅给文化领域带来了空前的繁荣,更为社会的进程起到了巨大的推动力,然而他们当中却鲜能仕途得意,更多的还是大才难展,壮志难酬,屡遭小人构陷,权臣排挤,倍受打击之人……

但中国文人永远是这个国度最需要保护的一群,他们的缺点有时像他们的优点一样可爱,而他们像需要生命一样需要自由!

Chapter6 第六章
文人的故事

学成文武艺，货于帝王家

过去中国文人的唯一出路便是从小启蒙读书，长大当官做宰。尤其是隋唐时科举制度出现之后，科举成为读书人进入官场的正途，科举及第的荣宠无疑强化了读书人官本位的思想。

"学成文武艺，货于帝王家"，一边是或为一展抱负，或为获取利禄而求取功名的读书人；另一边是需要德才兼备的读书人辅佐以治天下的君主，这桩学识与功名的交易，你情我愿，顺利成交。宋真宗在《劝学文》中宣扬："书中自有黄金屋"、"书中自有千钟粟"、"书中自有颜如玉"、"书中自有车马多如簇"。千百年来，读书人为了"学而优则仕"，十年寒窗，孜孜不倦，出入科场，年复一年，许多人在科举考场上挣扎消磨，耗尽一生。

科举制度

自唐朝到晚清的一千多年中，各代的科举考试在大的方面相差无多，但亦有变化。到明朝时，考试的形式已基本确定下来，共分三个等级。

每三年一次在各省省城（包括京城）举行的考试叫做乡试，由于在秋天八月举行，故又称"秋闱"。主考官由皇帝委派。考后发布正、副榜，正榜所取的叫举人，第一名叫解元。

每三年一次在京城举行的考试叫会试，因在春季举行，故又称"春闱"。考试由礼部主持，皇帝任命正、副总裁，各省的举人及国子监监生皆可应考，每次录取三百名，叫贡士，第一名叫会元。

最高级别的考试叫殿试，是皇帝在殿廷上对会试录取的贡士亲自策问，以定甲第。实际上皇帝有时委派大臣主管殿试，并不亲自策问。殿试录取分为三甲,一甲三名,赐"进士及第"的称号,第一名称状元,第二名称榜眼,第三名称探花;二甲若干名,赐"进士出身"的称号;三甲若干名,赐"同进士出身"的称号。二、三甲的第一名皆称传胪,而一、二、三甲考中者统称进士。在乡、会、殿三试中连续获得第一名称为"连中三元"。

明清时代的一介穷秀才,即使一直未能考取举人,他仍然是社会上受尊敬的人,官府和富人都必须对他"以礼相待"。秀才可以免缴田赋,见了县官老爷可以不下跪,还可以免挨板子。而一个人只要中了举,就可取得朝廷固有的俸禄,还可以候补做官。至于进士及第,那更是备极荣宠,几乎人人都有高官厚禄。

科举制度的弊端

据说在唐贞观年间,太宗李世民看到新选拔的进士们从皇宫端门列队而出,非常高兴地说:"天下英雄入吾彀中矣!"(弓箭的射程之内称为"彀中")在他看来,科举制度乃是使英雄就范的手段,而延续千年的科举历史也证明唐太宗的目的确实达到了。

在最新科考的文人眼中,"科名"二字便是世界的一切,而科举及第就是一生最高的理想。于是,科场内外便上演了一幕幕悲喜剧。科举,对于极少数运交华盖的人来说,意味着平步青云,而对于大多数时运不济的文士来说,名落孙山就犹如坠入了十八层地狱,永世不见天日。

科举考试发展到明清时期,其内容和形式逐渐僵化,尤其是当时科场必考的八股文,由于形式结构简单死板,使文人的知识结构逐渐变得僵化、陈旧。

八股文章成为遮盖读书人知识视野的障碍物,使得士子对程朱注疏与对偶联语之外的世界一无所知。

清代讽刺小说《儒林外史》第七回中写道:范进中举后做学道,幕客中有人讲起几年前某个学道闹的笑话,说那学道听说苏轼的名字,于是"在四川三年,到处细查,并不见苏轼来考"。

而范进听后,"也不晓得他说的是笑话,只皱着眉道:'苏轼既文章不好,查不着也罢了。'"一个中举的学道,竟然连北宋文豪苏轼都不知道,当时社会的学风可想而知。

科举制度的另一个弊端,就是束缚了文人的个性和创造力,造成了文人阶层的人格萎缩。科举取士的衡量录用标准,如同固定的工艺流程,用同一模子去铸同一型号的物件,造了千千万万没有个性的"考试癖"。而科举制的强大吸引力,使得无数文人士子不惜用一生作赌注,以致成为消磨了个性、失去了生命之光的标本,犹如行尸走肉。

留取丹心照汗青

中国文人的优良传统和人格精神的主要内容之一就是崇尚气节,讲究忠贞。它表现为追求道义、献身理想而不屈从于外来压力,洁身自好、特立独行、不受邪恶诱惑的高贵品格。

坚贞不屈

"疾风知劲草,板荡识忠臣"。挺身而出,勇赴国难,即使牺牲自己的生命也在所不惜,这种忠贞的品格是儒家文化在中国文人身上的体现之一。尤其是在激烈的民族斗争中,为了维护民族利益,文人常常表现出宗教般的虔诚和坚贞不屈、死而后已的牺牲精神。

元朝世祖忽必烈即帝位后,改国号为元,于公元1274年发二十万元军水陆并进,直取南宋都城临安。当时南宋一片混乱,宋度宗死后,年仅四岁的恭帝即位。谢太后临朝,下令各地起兵"勤王"。次年,任赣州(今江西赣州)知州的文天祥,散尽家资招兵买马,数月内组织义军三万,开始了戎马生涯。义军赶往吉州,文天祥受任兵部侍郎,不久出任平江(今江苏吴县)知府,奉命驰援常州。在常州,五百义军经过苦战,最后除四人脱险外其余皆壮烈殉国。这年冬天,文天祥返回临安,准备与元军死战,却见满朝文武纷纷弃官而逃,文班官员仅剩六人。

1276年正月,谢太后执意投降。元将伯颜指定须由丞相出城商议,丞相陈宜中竟连夜遁逃,文天祥即被任命为右丞相,出使议和。谈判中,文天祥不畏元军武力,痛斥伯颜,结果被扣留,又被押解乘船北上。文天祥在镇江虎口脱险。但由于元军施反间计,诬说文天祥已经降元,使文天祥屡遭猜疑,颠沛流离。这时,朝廷已奉表投降,恭帝被押往大都(今北京），陆秀夫等拥立七岁的赵端宗在福州即位。文天祥又奉诏入福州，继续组织抗元。

1278 年底，文天祥遭元军突然袭击，兵败被俘，也被押往大都。他在途中写下了不朽的《过零丁洋》："辛苦遭逢起一经，干戈寥落四周星。山河破碎风飘絮，身世浮沉雨打萍。惶恐滩头说惶恐，零丁洋里叹零丁。人生自古谁无死，留取丹心照汗青。"

文天祥在元大都被囚禁四年，严词拒绝了忽必烈的百般劝降，并写下了《正气歌》等名篇。最后，他于 1282 年在大都被害，时年四十七岁。

天下兴亡，匹夫有责

"天下兴亡，匹夫有责"，这是明末清初杰出的思想家顾炎武的名言。数百年来，这一思想成为巨大的精神力量，激励着无数爱国有识之士，为了祖国的前途、民族的命运，奔走呼号、奋斗不息。

"落红不是无情物，化作春泥更护花"。1839 年，鸦片战争的前一年，诗人龚自珍由于对现实不满，受到顽固势力的排挤，毅然辞官弃政。这两句诗，就出自他此时所作的《己亥杂诗》。诗中表达了龚自珍壮心不已的情怀，他虽然像一片落花那样飘零，离开了京师，但绝不自暴自弃，即使自己化作春泥，也要为实现自己的理想而奋斗。

龚自珍早在青年时代就心存天下，他看到当时的清王朝已是枯木将凋，要挽救社会危机，只有学习西方，变法图强。为此，龚自珍提出了许多改革的主张，他呼吁人们挣脱旧观念的枷锁，改变"万马齐喑"的局面，改革旧的官僚制度，主张任人唯贤，不拘一格，反对论资排辈。

然而，龚自珍的一生并不得志，他屡试不第，直到三十八岁时才勉强中了个同进士出身。之后他也只做过一些闲散小官，而且还不断受到当权保守派的排挤。他那些远大的抱负始终无法实施。即使如此，他始终关心着人民的疾苦、国家的命运，一刻也未忘记为振兴国家贡献力量。

1838 年冬，林则徐作为钦差大臣前往广州查禁鸦片。龚自珍对他此行寄予了很大的希望，还写文章鼓励林则徐坚持斗争。龚自珍满腔热情地期望禁烟成功之后，在两年之内，由一省之治，进而出现"中国十八行省银价平,物力实,人心定"的局面。1839年,龚自珍被迫辞官弃政,但他仍然关心时局。当林则徐在广州虎门焚烧鸦片后,龚自珍还曾写诗表示对林的怀念。这时身处异地的龚自珍,仍然关心的是身负民族重任的林则徐能不能打破阻力,完成艰巨的禁烟任务。

狂傲与狷介

在文人们的心目中,世界是那样的狭小,又是那样的污浊。当他们得以纵横驰骋之时,他们将自己的意志看做天下万物万民的意志,严令强行而不觉不近人情;当他们难以实现宏愿之际,则孤芳自赏,狂放出尘,将自己隔绝于芸芸众生之外。

东汉末年,曹操很赏识少年才俊祢衡,本想重用他,但祢衡很鄙视曹操,还常在言语上触怒他。曹操实在难以忍受这种无礼,但祢衡是天下的名士,杀他会招致非议。曹操便心生一计,将祢衡推荐给了荆州刺史刘表。刘表也很赏识祢衡的才华,但终究忍受不了他的傲慢,又将他转荐给江夏太守黄祖。黄祖脾气暴躁,祢衡的本性不改,一次黄祖大会宾客,祢衡当众出言不逊,黄祖就呵斥了他几句。可祢衡寸步不让,还对黄祖喊:"死者头,你吼什么?"黄祖大怒,下令对祢衡施以鞭笞,祢衡更是破口大骂,气得黄祖当即下令将祢衡拉出去斩了。

魏晋时期,人们通常在七月七日将书及衣裳拿出来曝晒,以防虫蛀。有钱人家会将华丽的衣服和汗牛充栋的书籍摆在阳光下,趁机炫耀财富和藏书。竹林名士之一的阮咸住在路南,住在路北的同族人在七月七日拿出纱罗锦纺的衣服展示,阮咸很穷,没有好衣服可晒,就用一根竹竿挑起一条大裆布裤子。有人问他在做什么,阮咸回答:"我还没有彻底去掉俗气,也随着大家晒晒吧!"而东晋的名士郝隆,在这天干脆祖露着肚子躺在太阳下,人们问他这是做什么,他答道:"我晒书。"就是暗示自己满腹经纶。

Chapter6 第六章
文人的故事

也说文人

　　书生秀才们在做官入仕前,往往心怀"千钟粟"、"黄金屋"的理想,两耳不闻窗外事,一心只读圣贤书。而一旦在经过十年寒窗苦读后,科举得中,封官授印,许多人就把敛财与揽权当做了仕途上的第一要务。文人做贪官奸臣,比其他出身背景的贪官更加厉害。因为他们文化素养高,从百家经典以及史籍中所学得的历史、哲学及权谋,一旦用于权力斗争和聚敛财货,这是一般外戚、宦官出身的政客们所不能比拟的。

蔡京

　　蔡京,字元长,是北宋末年著名的书法家。他擅长行书,笔法姿媚豪健,当时号称"天下无出其右者"。宋人所称的宋四家"苏、黄、米、蔡",其中的"蔡"原指的就是蔡京,但因他为人奸诈,被世人所鄙薄,所以后来将其剔除而补上蔡襄。据说除了书法之外,蔡京吟诗作对、吹拉弹唱无所不能。

　　蔡京是一个才华出众的文人书法家,也是举世皆知的大奸臣。他为官专横跋扈,排斥旧臣,陷害忠良,兴役扰民,被列为北宋佞臣"六贼"之首。蔡京步入仕途时,积极支持变法派的神宗当朝,变法形成了一股强大势力,蔡京就加入变法派,攀附弟弟的岳父王安石。王安石罢相后,他又巴结蔡确,因此官运亨通,升至中书舍人。1085年神宗病故,十岁的哲宗继位,由太皇太后高氏听政。高氏反对变法,重用保守派人物司马光主持国政,废除新法,罢黜变法派官员。蔡京此时摇身一变,投靠了司马光,得以提升为龙图阁直学士。

　　1093年,哲宗亲政,准备继续推行新法,被贬的变法派官员纷纷得到起用。蔡京见风向又变,又把自己说成是受保守派迫害的新派人物,到处钻营,终于取得了主政的变法派官员章惇的谅解和赏识。此后,蔡京通过不择手段的媚上逢迎,升迁为翰林大学士承旨,官阶三品,成为朝廷中的显赫人物。没过多久,哲宗突然驾崩,徽宗继位,蔡京遭到弹劾,罢职闲居在杭州。当时宦官童贯奉旨到江南为徽宗访求书画奇巧,蔡京抓住机会,陪童贯日夜游玩,并以珍奇宝物相赠。童贯把蔡京所画的画屏、肩带之类送到宫中,徽宗见后连连称妙,对蔡京产生了好感。1103年,晋升蔡京为尚书左仆射兼门下侍郎,是为左相。

蔡京为相后,全面把持了朝政,又在诏令上做手脚,将皇帝变成了自己的传声筒。为了维护自己的特权地位,蔡京铲除异己,笼络奸党,培植亲信,重用亲族,党羽心腹布满朝廷上下、皇宫内外。他还想尽办法引导徽宗尽情享乐,大兴土木,推崇道教,将其诱导成纵欲无度、崇尚游玩的轻佻天子。

蔡京在引诱天子享乐的同时,也借机中饱私囊,大肆搜刮。他每年过生日,各地大小官僚向他送的礼要用船来运,称"生辰纲",而这些礼都是他们各自搜刮的民脂民膏,老百姓为此苦不堪言。据史书记载,蔡京喜欢吃鹌羹,每食一碗都要杀数百只鹌鹑。

严嵩

明代大臣严嵩,字惟中,号介溪,也是中国历史上著名的奸臣之一。严嵩是个科第出身的大才子,他的文才在同时代的文臣中间得到公认。史书记载,严嵩长得疏眉朗目,身材修长,玉树临风,而且声音洪亮,说一口标准的官话,仪表为文臣中的第一流。他不仅文章写得好,而且书法也十分出众。不过这些优点都被他当成了向上攀爬的本钱。

严嵩曾先后供职于北京与南京的翰林院,他深知权力的重要,因此练就了口蜜腹剑、欺上媚下的"功夫"。当时明世宗沉迷道教,不理国政,朝中大小事务都交给宦官处理。当时的礼部尚书夏言得到世宗的宠信,又是严嵩的同乡,于是严嵩就拼命巴结、讨好夏言,很快成为朝野上下的大红人。严嵩等到羽翼丰满后,就开始攻击夏言,怂恿世宗罢黜夏言。随

Chapter 6 第六章
文人的故事

后,严嵩开始在朝中的重要位置安插自己的党羽,以巩固自己在朝中的实力。

夏言死后,严嵩当上内阁首辅,世宗已把所有朝政事务都交由严嵩处理。此时,除了严嵩、道士和左右近侍外,其他人想见世宗一面都很难。后来,严嵩年老,就把自己的儿子严世藩提拔上来,协助掌权。严世藩靠父亲当上了工部侍郎之后,开始收买世宗左右的近侍,让他们向自己随时汇报皇上的日常生活、起居饮食、一举一动,再在世宗面前投其所好。

严嵩父子权倾天下长达二十年,坏事做尽,弄得天下大乱。许多忠直的大臣欲加弹劾,都由于世宗的包庇而失败,还有不少人因此丢官丧命。最终,严氏父子的权势被一个道士的几句谶语扳倒,严世藩被斩首,而严嵩被没收家产,削官还乡。他由于无家可归,两年后就病死了。

和珅

一说起清朝乾隆年间的大贪官和珅,很多人都以为他是个脑满肠肥、不学无术的猥琐小人。其实,据记载,和坤身材匀称、高大魁梧、容貌出众、仪表文雅、谈吐得当,算得上是英俊书生。而且他自幼聪明,记忆力惊人,读书过目成诵,加上肯下苦功,年轻时就是出类拔萃的俊秀之才。受到乾隆提拔后,和坤又充分表现出他头脑清晰、才学出众、办事干练的优势。乾隆皇帝曾赞赏他精通满、汉、蒙、藏文字,还说:"唯和珅承旨书谕,俱能办理秩如,勤劳书旨,见称能事。"为了讨乾隆的欢心,和珅还在原来练的颜体书法基础上,极力模仿乾隆的字体,几可乱真,以至于乾隆老年时要写的诗词、匾额多交由和坤代笔。乾隆喜欢作诗,和坤在这方面也下过一番工夫,达到了较高的水平。

和珅凭借自己的外表和才华赢得乾隆帝的喜爱,更重要的是他懂得迎合皇帝的性情和喜好,彻底揣摩透了乾隆的心理,说话办事总能切合乾隆的心意。他虽贵为一品大员,但在乾隆面前,永远表现得恭顺体贴,最大限度地满足了皇帝的全部欲望。和珅从户部侍郎升为尚书,内务府大臣之上加衔领侍卫内大臣,军机大臣之上加议政大臣、御前大臣,兼理藩院尚书,兼四库全书馆正总裁,拥有了皇帝之下独一无二的最高权力和最高威望。乾隆帝还把和孝公主许配给和珅之子,君臣两人结成了儿女亲家。

倚仗皇帝对他的宠信,和珅疯狂地聚敛财富。乾隆帝死后,嘉庆帝立即宣布了和珅的二十条大罪,下令将他逮捕入狱,很快赐他在狱中自尽。随后,和珅府受到彻底的查抄,发现的和珅财产之巨令人瞠目。据说其中的三分之一就价值二亿二千三百万两白银,府中玉器珠宝、西洋奇器无法胜数,有些珍品甚至胜过皇宫的收藏。所以民间有谚语说:"和珅跌倒,嘉庆吃饱。"

Chapter6 第六章
文人的故事

古代下层文人的职业

师爷

明朝中晚期以后,直到清朝末期以至民国,"师爷"这个职业流行了三百年,许多名人,尤其是著名的文人,都有过当"师爷"的经历。比如著名学者孙星衍就当过陕西巡抚毕沅的师爷,《聊斋志异》的作者蒲松龄就当过宝应县令孙惠的师爷,林则徐当过两广总督百龄和福建巡抚张师诚的师爷,李鸿章当过曾国藩的师爷,左宗棠当过骆秉章的师爷,"戊戌六君子"之一的杨锐当过张之洞的师爷,《老残游记》的作者刘鹗当过山东巡抚张曜的师爷,秋瑾的祖父秋桐豫当过东三省总督赵尔巽的师爷……

"师爷",又称"幕客"、"幕宾",由地方官员私人聘请。他们从主官那里拿薪水,只对主官一个人负责。按照辅佐主官内容的不同,师爷又分作主管判案的"刑名师爷",催收钱粮的"钱谷师爷",书写信札文稿、代拆代行、承上启下的"书启师爷"。"师爷"名义上是"佐官以治",实际上往往手中掌握了相当一部分官府的实权。他们之所以能取得如此的地位,主要是因为,明清之际的多数地方官员是科举出身,所学的就是"四书五经"、"子曰诗云",熟悉的就是八股文的"起承转合",一旦外放去当地方官,征粮收税、审人办案、上报拟稿、下发告示这些事务实际一样也做不来,非得有师爷们帮衬不可。他们的活动,对当时的政治和社会生活,产生了极为重要和深刻的影响。他们的思维方式和行为方式,对后世的影响也不容忽视。

明清时,各地府、县官员的师爷多数来自绍兴,他们大多功名不高,甚至没有功名,但具有"家传秘术",所以明清两代几乎所有基层的政务全由他们一手包办。而道台以上的官员所聘的师爷大抵有较高的功名,由于包办的事务更重要,因而颇为威风。当年左宗棠给骆秉章做师爷时,所有军政大事皆由他一手专断。晚清大学者樊樊山的父亲身为正二品总兵,只因得罪了左师爷,就丢了总兵的乌纱。师爷的一支笔,往往可以陷人于狱,也可以解人罪过。李鸿章给曾国藩做师爷时,在上奏与太平军战况的奏折中,将"屡战屡败"改为"屡败屡战",一字之差,精神气韵完全不同,使曾国藩转危为安。

不过,在许多人的心目中,师爷总是与心术不正、阴险狡猾、舞文弄墨、谋私作恶等行径脱不了干系。在戏剧和小说中,师爷往往成了被奚落和嘲讽的对象。

讼师

所谓讼师,就是古代专门替人打官司的人。讼师的职责主要是代写书状,包括遗嘱、各种契约、呈状以及工商行政方面的申请,更多地是谋写诉状。讼师这个职业的历史非常悠久。春秋战国时期,以"私造竹刑"而名噪一时的名家代表邓析,相传就是讼师的鼻祖。

"讼师"其实自唐代就出现了,但法令中正式出现"讼师"这个名目仅见于清代。在古代,打官司不是件容易事,尤其是那些对法律不甚了解,视衙门为畏途的普通百姓。清代对于诉讼当事人的盘剥很厉害,一个普通案件,原告也需交纳挂号费、传呈费、买批费、送稿纸费、出票费、铺堂费(即开庭费)、踏勘费、结案费和息费等费用。所以百姓经常请熟门熟路的讼师代为交涉。总的来说,中国古代的文化不主张诉讼,官方希望老百姓不要通过法律来解决权益争端,希望老百姓能够自己解决,而政府的主要功能是维持朝廷的统治。因为讼师的职责是教百姓如何打官司,官府为了息讼,首先就要限制讼师。《唐律疏议》中规定,"教令人告"得实者赏,事虚者罚,对"为人作词牒加增其状者"和"受雇诬告人"的人予以严惩。而《大明律》中特设"教唆词讼"一条,规定"凡教唆词讼及为人作词状,增减情罪诬告人者,与犯人同罪"。特别到了清代,统治者更是增加了诸种条例来限制讼师的活动。古代的"讼师"并没有合法的诉讼地位,不

Chapter6 第六章

文人的故事

能受委托充当辩护人或代理人。历代法律最大的限度是认可他们"代作词状",这也是因为"乡民不能自写呈词者"太多。但是老百姓总是要打官司,就总是要依靠讼师,所以讼师就处在这样一个尴尬的境地。

古代的"讼师"并不是一个专门的职业,其普遍存在的原因是包揽词讼能谋得好处,所以民间充当讼师的人除了屡试不中的文人秀才之外,还有退职官吏、地方豪强、市井无赖,可谓良莠不齐。讼师有个别称,叫"耳笔之民",就是在耳朵后面插根笔的人。在当时人眼中,讼师平常不事生产,只靠三寸不烂之舌挑唆词讼,从中渔利。

各地讼师的活动方式不完全一样,不过一般都是以某种身份为掩护,秘密活动。他们挑唆词讼有自己的一套伎俩,"多系以虚为实,以无为有,颠倒是非,播弄乡愚,因得售其奸"。他们还在暗中流传"讼师秘本",秘本的内容多是举某种案情,虚拟一告(原告)一诉(被告),互相辩论。无论告方或诉方,都有某种诡辩取胜的办法。讼师若以此为蓝本包揽诉讼,确实可以玩弄双方于股掌之间。

为了第一时间得到案源,讼师往往潜伏在衙门外不远的酒馆茶社之中,伺机而动。他们主要是代人书写告状和诉状,或者代替诉讼当事人与官差进行交涉。清朝有官方认可的从事代书诉状的人员,按照清律规定,他们合法从事代书工作,也要承担如实书写的法律责任。如果不具备资格却帮人代书的,即使是没有利益纠葛,纯属帮忙,都要依法进行处罚。

塾师

私塾是指我国旧时私人开办的学校,是当时儿童接受启蒙教育的民间学堂。一般是利用庙宇或塾师自家的房屋作为教室,课桌椅都由学生自带。每个私塾一般只有一名塾师,学生在一二十人左右。为了便于监督学生学习,塾师的桌椅都设在学生座位的后面,书案上放着笔墨砚台和戒尺。私塾的教育方法是采取个别教学,学习年限没有规定。私塾用的教材,主要是根据学生的学习程度而定,一般来说,启蒙的学习《三字经》《百家姓》,中等程度的学习《千字文》《唐诗三百首》,高级程度的学习"四书五经"。

由于塾师采用的是个别教学,所以学生每天的学习不是念书背书就是练习书法。他们念书时,摇头晃脑,朗声诵读;背书时,面对塾师叉开双腿,反背两手,背错了,塾师就会用戒尺打手心或罚站。塾师对学生很严,相信"严师出高徒"的古训。

　　明代时,塾师一般包括退闲官僚、儒士、举人监生、儒学生员与科举童生等各种人。随着社会的变迁,退闲官僚、儒士与举人监生日渐淡出,儒学生员逐渐在塾师群体中占据了主导地位。明清时期的经馆深受科举影响,以八股能手为良师,塾师名望高下由学生科名多少而定。除了少数有功名的高级塾师外,当时民间的多数塾师没有功名,且读书不多,家境贫寒,在农村教馆,收入微薄。他们有的还要耕种几亩薄田,且耕且教;有的到学生家吃轮饭,或由学生凑给一些米食、蔬菜,仅能果腹;有的兼行医看病、看风水、代写公私文书、占卦等以略增收入。但自唐宋以来,"天地君亲师"观念深入人心,所以塾师仍受到社会尊重。

　　民国时期,有许多学贯中西的学者,如鲁迅、朱自清、徐志摩等,他们深厚的旧学基础都得益于童年时的塾师,而他们成名后回忆起幼年时的私塾经历,往往在对那种落后的教育方式予以批评的同时,又对那段童年回忆带有难舍的感情。比如鲁迅在《朝花夕拾》中回忆起自己的启蒙塾师寿镜吾先生,在字里行间流露出尊敬的心情,认为他是"本城中极方正、质朴、博学的人"。

Chapter6 第六章
文人的故事

罄竹难书的文字狱

古代的文字狱,指的是因文字犯禁,或借文字罗织罪名清除异己而设置的刑狱,主要盛行于明清两代。文字狱的特点是,罪状由最高统治者对文字的歪曲解释而起,证据也由这种歪曲解释而成。一个单字或一个句子,一旦被认为意在诽谤皇帝或讽刺朝廷,就构成刑责。所以,对于以文字为特长、靠文字安身立命的文人来说,文字狱无疑是可怕和致命的,而文字狱大兴的年代就是最黑暗的历史时期。

明初文字狱

明初的文字狱始见于洪武七年(1374)。明太祖朱元璋建明之前,吴王张士诚领导的另一路义军曾经对朱元璋夺取天下造成威胁,后被朱元璋打败。洪武七年,苏州知府魏观将新府衙建于张士诚宫殿旧址,高启作的《上梁文》中又有"龙蟠虎踞"四字,因此触犯了朱元璋的忌讳,二人都被处死。洪武十七年以后,又先后发生多起因上贺表、谢笺引起的文字狱。据记载,由于开国功臣不满朱元璋重文轻武,就进谗言说"文人善讥讪",朱元璋从此对天下的文章俱心生疑忌。

当时许多官员都因他们在执笔的表章中有歌颂皇帝为天下"作则"一类字样,被认为是在影射朱元璋年轻时做过"贼",从而受到惩处。有个官员在奏章上有"体乾法坤,藻饰太平"这两句古文,被朱元璋解释为:"法坤与'发髡'同音,就是剃光头,讽刺我当过和尚。藻饰与'早失'同音,显然要我早失太平。"于是将这名官员处斩。杭州府学教授徐一夔的表文中有"光天之下"、"天生圣人"等语,朱元璋牵强附会,说文中的"光"指光头,"生"是"僧"的谐音,徐是在讽刺他当过和尚。德安府训导吴宪

的表文中有"望拜青门"之语,朱元璋认为,"青门"是指和尚庙。这些犯了忌讳的,都被"诛其身而没其家"。明初文字狱贯穿洪武一朝,是明太祖朱元璋推行文化专制的极端手段。

清代的文字狱

清代前期的文字狱案件为数之多,规模之大,在历史上是空前的。从康熙二年(1663年)的庄廷鑨《明史》案开始,直到乾隆五十三年(1788年)的贺世盛《笃国策》案,在康、雍、乾三朝的百余年间,文字狱多达上百起,被判处死刑的有二百多人,受到株连而被判刑的人更是不可胜数。在这些案件中,文字狱的"罪犯",既有官员,也有各阶层文士和平民,上至朝廷大员(包括个别的满洲贵族),下至一般生员,以及江湖术士、轿夫、船工等。

清代前期文字狱大致有三种情况:一是由于清先世曾臣服于明朝,入主中原之后,清廷对此讳莫如深,因此,不仅禁毁相关的旧有史籍,而且对继续编写乃至收藏的人以"大逆"之罪滥加诛戮。二是清以外族入主中原,许多汉族士大夫眷恋明朝,宣扬"夷夏之防"一类的思想,对统治极为不利,因此清廷势必要用暴力手段打击反清思想。三是康雍之际皇族内部权力斗争激化,雍正帝即位之后,为了巩固地位,借助文字狱来打击反对势力。

清代最著名的文字狱之一,就是庄廷鑨"明史狱"。浙江乌程(今吴兴)富商庄廷鑨买得明大学士朱国桢的明史遗稿《列朝诸臣传》,邀集许多名士加以编辑,并增补了明末天启、崇祯两代史事,定名为《明书》,作为自己的著作。书编成后,庄廷鑨已经去世,其父庄允城将之刊行。不料有人向朝廷告发,书中直书清朝先人的名字,指斥明将降清者为叛逆;不使用清朝年号,而用南明永历等朝的年号。庄允城随即被逮入京,死于狱中,庄廷鑨被掘墓开棺焚骨,所有作序者、校阅者及刻书、卖书、藏书者都被处死,先后受牵连被杀者达七十余人,被充军者达数百人。

清代前期文字狱的冤滥,遏制言论、禁锢思想,极大地阻碍了学术思想的发展,助长了阿谀奉承、诬告陷害之风。由于文人在精神和心理上对

Chapter6 第六章
文人的故事

文字狱留下了恐怖的阴影,为了躲避"文祸",他们不得不采取逃避态度,对社会现实不闻不问,对国家命运漠不关心,把治学的兴趣移向远离现实的学术领域,从故纸堆中寻求精神寄托。考据学在清代中期兴起并风靡一时,与文字狱造成的政治高压密切相关。清代诗人龚自珍就曾在《咏史》诗中发出"避席畏闻文字狱,著书都为稻粱谋"的感叹。

文人的酒文化

对于酒,文人较之一般人更为敏感,他们炽烈的感情常常反映在饮酒上。历史上的文人往往与酒结下了不解之缘,他们也往往把酒凝结在他们的诗文之中。同是爱好饮酒,各人的方式不同,有人喜欢一杯一壶,单人独饮;有人喜欢酒逢知己,二人对饮;也有人喜欢高朋满座,觥筹交错的群饮宴集。文人可能为了吟诗而饮酒,也可能为了排解愁闷、逃避现实而饮酒,但更多地是在好友相聚、故友重逢或者挚友远行的时候,以酒会友,以酒抒情。

在文人的酒席上,常常少不了酒令。

酒令,顾名思义,是饮酒时的一种规矩。通常是一人为令官,按一定的规则,或划拳,或猜枚,或巧编文句,或进行其他游艺活动,负者、违令者,或不能完成者均罚饮。实际上,酒令是饮酒时所进行的一种风流文雅、睿智隽永的娱乐活动,特别在宴席上更是一种佐酒助兴、活跃气氛的手段。文人学士的酒令与粗放的投壶、猜枚、划拳、数牙牌之类不同,自有其风雅之处。文人行酒令多采用语言形式,如作诗、对句、续句、引用、析字、拆字、字旁、谐音、唱曲、陈述典故等。唐代诗人李商隐的《无题》中,有一联"隔座送钩春酒暖,分曹射覆蜡灯红",描绘的就是文人雅士对饮行令的场面,其中的"送钩"和"射覆"就是两种流行于唐代的文字酒令。这些酒令看似雕虫小技,却体现出文人的博学、风雅和机智敏锐。

行令作诗,常见的是每人作一首诗,作不出者罚酒,也有时是每人联诗两句,或者每人联一句,凑成一首诗的。据传,唐朝诗人李白、贺知章、王之涣、杜甫四人就曾联诗行令,他们联成的一首诗是:

一轮圆月照金樽,(贺)金樽斟满月满轮。(王)

圆月跌落金樽内,(杜)手举金樽带月吞。(李)

Chapter6 第六章
文人的故事

旧时文人还喜欢利用汉字偏旁部首的结构特点来行令。传说,清代画家郑板桥做县令时,有一个大户公子作恶行凶,打死无辜,民愤极大。郑板桥欲判处他死刑,有两个乡绅与公子有亲,就来求情。起初郑板桥不知他们的来意,设席相待。席间,一乡绅说:"久慕先生雅名,今有意向先生请教,不妨行个酒令。每人说同音二字,再去添字旁,成另一字,最后由此字举一句俗语作结。"板桥道:"愿意领教。"于是,此乡绅先说道:"有水念作清,无水也念青。去了青边水,添心即为精。"板桥大笑道:"先生差矣,青字添心乃情字。"乡绅接口道:"我俩有心来讲情,唯恐大人不准情。"郑板桥一听大惊,心知中计,起座对道:"有水念作湘,无水也念相。去了相边水,添雨即为霜。各人自扫门前雪,莫管他人瓦上霜。"另一乡绅大声对道:"有水念作溪,无水也念奚。去了奚边水,添鸟则为鸡(鷄)。得时狸猫赛猛虎,落地凤凰不如鸡。"郑板桥见对方出口伤人,拂袖而起,双方不欢而散。

第七章 武人的故事
Chapter 7 >>>>>

武术史是中国传统文化的一部分,武术史和其他史学文化一样,有其萌芽发展和成熟完整的过程。中国武术史就是记载武术的历史演进过程及其规律的一门学科,是中国体育史的组成部分之一,属社会科学的范畴。中国武术名词原本未统一,历朝历代亦有不同的名称代表,如技击、把势、武技、功夫、白打,民国17年将中国武术名称统一称为国术。

Chapter7 第七章
武人的故事

民族文化瑰宝——中国武术

"武"是指武力、暴力,"武术",本指使用武力与人搏斗的方法和技巧。中国武术注重内外兼修,是一种把踢、打、摔、拿、跌、击、劈、刺等动作,按照一定规律组成徒手的和器械的各种攻防格斗功夫、套路和单势练习的运动。中国武术文化还吸收了传统哲学与伦理,以内外兼修、技道并重为特点的一种人体文化,是经过数千年锤炼的一份民族文化瑰宝。

武术的演变

武术的起源可以追溯到原始社会时,人类用棍棒等原始工具作为武器,同野兽进行的搏斗,是用来自卫和猎取生活资料的一种技能。后来,随着私有财产的出现,人们为了争夺财富,逐渐积累了更加具有一定攻防格斗意义的技能,并且制造出了更具杀伤力的武器。

殷商时期就出现了矛、戈、戟、斧、钺、刀、剑等青铜武器,这类武器的用法,如劈、扎、刺、砍等技术也随之产生。春秋战国时期,步骑兵兴起,长柄武器变短,短柄武器变长,武器的内容更加丰富,武术的技击性也进一步突出,同时,武术的健身作用也受到重视。

汉时,产生了剑舞、刀舞、双戟舞、钺舞等。这些武舞已有明显的技击性,其招法多以套路的形式出现。

两汉是武术大发展的时期,武术已形成多种技术风格的流派。两晋南北朝前期实行府兵制,选士对武艺有很高的要求,既要会拳术的捕房擒拿技术,又要善射,还要会使长短兵器。

隋、唐、五代时期,武术重新兴起。唐朝开始实行武举制,并通过考试授予武艺出众者以相应称号。这种选拔人才的制度,促进了社会上的练武活动。随着步骑战的发展,戈戟在战场上逐渐被淘汰,剑作为军事技术多被刀所代替,但作为套路的演练仍在发展。

宋代出现了民间练武组织,但对抗性的攻防技术由于受到宋理学家"主静"思想的影响,逐渐走向衰微。元代统治者不许民间"弄枪棒"、"习武艺",连民间私藏武器也属犯罪,武艺多通过秘密家传的方式进行传授,传武和习武常常要冒生命危险。

明代是武艺大发展时期。社会上出现了不同风格的技术流派,拳术、器械都得到了长足发展,特别是在理论上总结了过去的练武经验,出现了《纪效新书》、《武篇》、《耕余剩技》等著作。这些著作不同程度地记载了拳术、器械的流派、沿革、动作名称、特征、运动方法和技术理论,有的还附有歌诀及动作图解,为后世武术研究提供了重要依据。

清代禁止练武,民间多以秘密结社的形式传授武艺。著名的拳种,如太极拳、八卦掌、形意拳、八极拳、劈挂拳等多在清代形成。

武有武德

"武"字在东汉学者许慎的《说文解字》中解释为:"楚庄王曰,夫武,定功戢兵,故止戈为武。""戢兵",就是把兵器收起来,也就是说,武的本义是收兵,是止戈,是以暴制暴,以武力实现和平。中华武术作为传统文化的一部分,在千百年的历史发展过程中,已经渗透了民族的风格、习惯、心理、感情等因素,可以说是中国传统文化的一个缩影。

"武德"一词,最早见于《左传》:"武有七德,禁暴、戢兵、保大、定功、安民、和众、丰财者也。"虽然这讲的是对诸侯用兵的道德要求,但与武林的"武德"仍有渊源关系。武德观念的中心是儒家思想的核心——"仁",包括儒家所提倡的"爱人"、"己欲立而立人,己欲达而达人"和"己所不欲,勿施于人"的思想。

"艺无德不立",这是历代武林宗师挂在口边的一句至理名言。由于武林重德,中国武术众多的流派,拳语家法开宗明义几乎都要先阐明武德。历代大师在择徒授艺之际,都要求传承人首先要具备高尚的武德;没有武德高尚的传人,甚至"宁可失传,也不轻传"。对于他们来说,学艺就是求道,拳与道合,艺与心合,最后达到拳道合一、拳心合一,这是武德的最高境界。

尊师、谦和、忍让,这是武林各门派共同遵奉的又一道德标准。武林历来师门规矩甚严,很讲究师徒之间、朋友之间的礼仪。尊师早已成为武林的传统。

见义勇为也是中国传统的武德之一。品格正直、疾恶如仇,具有崇高牺牲精神的人,在危急时刻敢于挺身而出。因此,见义勇为是武林中人实现自我价值的重要方式。"重义轻生"、"路见不平,拔刀相助"、"锄强扶弱"等,都是他们的信条。

武术的核心是搏击、格斗,自然就意味着暴力、流血。但是中国武术武德受到儒家"仁者爱人"思想的影响,处处体现着"仁恕"之道。武林流传的"八打"与"八不打",就是在"仁爱"的原则下,对具体技击技术的使用加以限制,强调适可而止。

中国武术家多表现为大义服人,先礼后兵,比武时点到为止。即便是演练武术套路,武术家也十分注重"仁"与"礼"的规范,施展时呈现出争斗而有礼让,有劲而不粗野,武艺纯熟而不悬浮,感情饱满而含蓄内向,富于观赏且追求高尚的精神气质。

拳术

拳术是中国武术中徒手技法的总称。古时有技击、手搏、拳法、白打等称谓。在长期发展中,拳术形成了许多拳种流派,风格和特点各异:长拳姿势舒展,动作快速;太极拳舒展柔和,轻灵圆活;八卦掌势势连绵,身灵步活;形意拳动作简练,发力较刚;南拳步稳势烈,刚劲有力;通背拳放长击远,发力顺达。

现在一般将拳法分为五类:一是内家拳类,包括内家拳、太极拳、形意拳、八卦掌等;二是长拳类,包括少林拳、查拳、华拳、三皇炮捶、通背拳、翻子拳、拦手拳、戳脚、六合拳等;三是南拳类,就是南方各省流行的拳术;四是短拳,又称短打,属于一种较为古老的拳种;五是象形拳类,包括猴拳、蛇拳、鹰爪拳、螳螂拳、醉拳等。

虽然不同拳种特点不同,但套路都是由手型、步型、手法、步法、腿法以及数量不等的跳跃、平衡、跌扑、滚翻等动作与技术组成。练习拳术,要求动作规范,手、眼、身、步配合协调,还须与意识、呼吸紧密结合,达到内外合一,形神兼备。通过拳术的锻炼,不仅可以使人掌握攻防格斗技术,还能提高人体各系统机能和身体素质,并为进一步学习武术器械项目打下良好的基础。

Chapter7 第七章
武人的故事

"十八般兵器"

中国古代兵器种类繁多,民间常称"十八般兵器"。南宋的《翠微北征录》中称:"军器三十有六,而弓为称首;武艺一十有八,而弓为第一。"元朝之后,"十八般武艺"一词被广泛用于戏曲小说中,含义也日趋广泛。而这十八般武艺都是指使用兵器的技艺,久而久之便演化出"十八般兵器"一说。其具体说法有许多种,较为常见的是:刀、枪、剑、戟、斧、钺、钩、叉、镋、棍、槊、棒、鞭、锏、锤、抓、拐子、流星。其实古代兵器远不只这十八种。而刀、枪、剑、棍是古代兵器中最重要的、也是最常用的四种。

刀

刀是一种用于劈砍的单面侧刃格斗兵器,由刀身和刀柄构成,刀身较长,薄刃厚脊。刀柄有短柄和长柄之分。自汉代以来,钢铁制造的刀,一直是古代军队装备的主要格斗兵器之一,有人将其列为十八般兵器之首。它是古代作战的重要武器,也是帝王战将随手佩带的装饰和防身武器。刀的种类很多,有单刀、双刀、朴刀、大刀、短刀、苗刀等,但构造大致相同,基本上由刀头、刀刃、刀背、护手盘、刀柄及装饰用刀彩组成。

枪

枪是一种在长柄上装有锐利尖头的兵械,被称为"百兵之王",是长兵中应用较为广泛的一种,分为大枪、花枪、双头枪等。大枪长度在一丈以上,练习起来需要很大的腰臂力量。大枪不能舞花,着重于一戳一格的对扎,是一种战场上的实用枪术。花枪则比大枪短而细,枪身软而有弹性,可以抖出繁复的枪花,招术灵活,虚招较多。双头枪是在棍的两端都装有枪尖,俗称"双头蛇",前后左右皆可扎、刺、点、穿,长兵短用,得心应手,套路中舞花动作亦较多。

剑

剑是一种平直、细长、带尖、两面有刃的短兵械,由矛头和匕首演化而成。剑的历史极为悠久,享有"百刃之君"的美称。剑最早出现于殷商以前。春秋战国时,斗剑、佩剑之风盛行,剑术理论也有很大发展。汉朝时,击剑更是风行朝野,不少人以剑术立名天下。隋唐是剑术发展的鼎盛时期,剑形也十分精致华丽。宋代以后,击剑之风逐渐为剑舞所代替。剑的结构一般分为剑身、剑柄两大部分。剑身由剑刃、剑锋、剑尖、剑督组成;剑柄由剑格(护手)、剑柄、剑首组成。还有剑穗(剑袍)作为装饰。剑在古代除了作为兵刃之外,还被当做权力和地位的象征。皇帝授给大臣"尚方剑",有"先斩后奏"的权利。剑还是古代的一种风雅佩饰,文人学士通常佩剑以示高洁脱俗。

棍

棍是武术长器械之一,由直而长的坚韧圆木杆制成,材料一般采用白蜡杆,历史上也出现过铁制的棍。棍术以明代为最盛,明将俞大猷所著《剑经》是集棍法之大成的著作。棍可分为大棍、齐眉棍、三节棍、大梢子棍、手梢子棍等种类。大棍长八尺有余,舞动时需要很大臂力和腰腿劲。齐眉棍高与眉齐,舞动时可大蹦大跳,抢、劈、扫、舞花,灵活多变。三节棍是三节短木棍,中间有铁环相连结,舞动时可长可短,可伸可缩,棍法灵活多变。大梢子棍,是一长棍和一短棍中间用铁环连结。手梢子棍,是一种较为短小的梢子棍,有单手梢子棍和双手梢子棍两种。各种棍形虽然不同,但练起来都离不开劈、蹦、抢、点、拨、撩、扫、舞花等棍法,都要求习练者在练习时勇猛快速,开合、旋转自如,达到身棍合一,力达棍梢的效果。

Chapter 7 第七章
武人的故事

"十八般兵器"

中国古代兵器种类繁多,民间常称"十八般兵器"。南宋的《翠微北征录》中称:"军器三十有六,而弓为称首;武艺一十有八,而弓为第一。"元朝之后,"十八般武艺"一词被广泛用于戏曲小说中,含义也日趋广泛。而这十八般武艺都是指使用兵器的技艺,久而久之便演化出"十八般兵器"一说。其具体说法有许多种,较为常见的是:刀、枪、剑、戟、斧、钺、钩、叉、镋、棍、槊、棒、鞭、锏、锤、抓、拐子、流星。其实古代兵器远不只这十八种。而刀、枪、剑、棍是古代兵器中最重要的、也是最常用的四种。

刀

刀是一种用于劈砍的单面侧刃格斗兵器,由刀身和刀柄构成,刀身较长,薄刃厚脊。刀柄有短柄和长柄之分。自汉代以来,钢铁制造的刀,一直是古代军队装备的主要格斗兵器之一,有人将其列为十八般兵器之首。它是古代作战的重要武器,也是帝王战将随手佩带的装饰和防身武器。刀的种类很多,有单刀、双刀、朴刀、大刀、短刀、苗刀等,但构造大致相同,基本上由刀头、刀刃、刀背、护手盘、刀柄及装饰用刀彩组成。

枪

枪是一种在长柄上装有锐利尖头的兵械,被称为"百兵之王",是长兵中应用较为广泛的一种,分为大枪、花枪、双头枪等。大枪长度在一丈以上,练习起来需要很大的腰臂力量。大枪不能舞花,着重于一戳一格的对扎,是一种战场上的实用枪术。花枪则比大枪短而细,枪身软而有弹性,可以抖出繁复的枪花,招术灵活,虚招较多。双头枪是在棍的两端都装有枪尖,俗称"双头蛇",前后左右皆可扎、刺、点、穿,长兵短用,得心应手,套路中舞花动作亦较多。

剑

剑是一种平直、细长、带尖、两面有刃的短兵械,由矛头和匕首演化而成。剑的历史极为悠久,享有"百刃之君"的美称。剑最早出现于殷商以前。春秋战国时,斗剑、佩剑之风盛行,剑术理论也有很大发展。汉朝时,击剑更是风行朝野,不少人以剑术立名天下。隋唐是剑术发展的鼎盛时期,剑形也十分精致华丽。宋代以后,击剑之风逐渐为剑舞所代替。剑的结构一般分为剑身、剑柄两大部分。剑身由剑刃、剑锋、剑尖、剑督组成;剑柄由剑格(护手)、剑柄、剑首组成。还有剑穗(剑袍)作为装饰。剑在古代除了作为兵刃之外,还被当做权力和地位的象征。皇帝授给大臣"尚方剑",有"先斩后奏"的权利。剑还是古代的一种风雅佩饰,文人学士通常佩剑以示高洁脱俗。

棍

棍是武术长器械之一,由直而长的坚韧圆木杆制成,材料一般采用白蜡杆,历史上也出现过铁制的棍。棍术以明代为最盛,明将俞大猷所著《剑经》是集棍法之大成的著作。棍可分为大棍、齐眉棍、三节棍、大梢子棍、手梢子棍等种类。大棍长八尺有余,舞动时需要很大臂力和腰腿劲。齐眉棍高与眉齐,舞动时可大蹦大跳,抡、劈、扫、舞花,灵活多变。三节棍是三节短木棍,中间有铁环相连结,舞动时可长可短,可伸可缩,棍法灵活多变。大梢子棍,是一长棍和一短棍中间用铁环连结。手梢子棍,是一种较为短小的梢子棍,有单手梢子棍和双手梢子棍两种。各种棍形虽然不同,但练起来都离不开劈、蹦、抡、点、拨、撩、扫、舞花等棍法,都要求习练者在练习时勇猛快速,开合、旋转自如,达到身棍合一,力达棍梢的效果。

Chapter7 第七章
武人的故事

中国古代武将谱

展开中华民族千年文明史的历史画卷,满目干戈,战事频仍。可以说也是一部战争史。连绵不绝的战争造就了众多著名的武将。他们在战斗中表现出来的身先士卒、冲锋陷阵的献身精神,以及在实践中总结出来的军事思想,都是中华民族宝贵的精神财富。

周亚夫:铁打的细柳营

公元前158年,匈奴结集重兵进犯西汉北部边境。汉文帝任命刘礼、徐厉、周亚夫为将军,分别驻军灞上、棘门和细柳,守卫京城长安附近三个战略据点,防备匈奴进攻。

后来,文帝亲自去慰劳军队,来到灞上和棘门军营的时候,劳军的车驾长驱直入,毫无阻拦,将军以下的军官都骑着马迎进送出,尘土飞扬,秩序混乱。文帝又来到细柳军营,情况就大不一样:军官和士兵都披着铠甲,手里拿着擦得雪亮的刀枪,剑拔弩张,戒备森严。

文帝的先行官吏来到营门,被门卫拦住。先行官吏说:"皇上就要到了!"守卫营门的都尉却说:"将军有令,军中只听将军的命令,不听皇上的命令。"文帝的车驾到达,也照样被挡住不能进去。于是,文帝派使者拿了符节凭证进营去向将军周亚夫传诏令,这时周亚夫才下令打开营门,放行车驾。进门的时候,守卫营门的军官郑重地对文帝的随从说:"将军有令,军营之内车马不许奔驰。"文帝听了,只好吩咐侍从放松缰绳,缓缓而入。

文帝来到中军营帐,只见将军周亚夫全副戎装,手执兵器,威风凛凛地站在那里。他见了文帝,只拱手说:"戎装在身,例不下拜,请允许我以军礼朝见皇上。"文帝大为震动,在车上严肃地答礼。

慰劳完毕,文帝出了细柳营门,赞叹地说:"这才是真正的将军。前些时候我看到灞上和棘门两处的队伍,就像儿戏一般!"

过了一个多月,边境情势好转,这三路大军就撤除了。文帝任命周亚夫为中尉,负责京城的治安。

关羽:一代武神

三国时的西蜀名将关羽,在历代武将中以勇猛、忠义著称。公元200年,袁绍大举进攻曹操,派前锋大将颜良进逼白马(今河南滑县东)。东郡太守刘延遭到颜良的猛攻,连失数名上将,士卒死伤甚多。曹操派大将张辽和关羽出兵救援。当袁曹两军交战之际,关羽在千军万马中疾驰如飞,单人独骑直插颜良的营帐之下,连斩数将后,挥刀斩下颜良的首级。曹军乘胜掩杀,袁军被杀得溃不成军。关羽的英名自此威震天下。东吴名将周瑜曾称他是"熊虎之将",程昱说他是"万人之敌",陆逊称他为"当世雄杰"。

一次作战时,敌方一支流箭射中关羽的左臂。后来每到阴天,伤口就痛得厉害,名医华佗检查后告诉他箭头有毒,毒已入骨,要想彻底根治,必须切开左臂肌肉,刮骨去毒。关羽当即应允,伸出左臂请华佗施行手术。手术时手臂血流如注,很快流满了一个盆子,但关羽却与诸将对坐饮酒,谈笑自如,若无其事,华佗和众将士都大为叹服。

岳飞:撼岳家军难

岳飞,字鹏举,是南宋时的抗金名将,他北伐中原的英雄气概,使敌人闻之胆寒。1140年,岳飞率军从鄂州出兵北伐,进抵许昌、郑州、洛阳及河南腹地。他将指挥大营设在团城,作为继续北伐的基地。由于奸臣秦桧的阴谋,怯懦的宋高宗赵构已经命令东路宋军撤退。因此,金军的大部兵力都用来对付岳家军。金军统帅兀术率精锐的铁甲骑兵和"拐子马"(左、右翼骑兵)进犯岳家军,企图抄袭岳家军的大本营。看着金军的骑

Chapter 7 第七章
武人的故事

兵潮水般地涌来,形势异常危急。岳飞沉着应战,一方面派亲卫军和骑兵迎敌,命将士们每人手持马扎刀、提刀和大斧,编组冲入敌阵,上砍敌人、下砍马腿,首先打垮金军的主力骑兵。同时,他一马当先,提枪冲进敌阵,在阵中左右开弓,往来杀敌,猛不可挡。将士们见主帅身先士卒,勇气倍增,无人后退怯战。战斗一直持续到天黑,金军损失惨重,被迫向邻近的县城败退。同年7月,岳家军与金兵在颍昌府展开了一场大决战,金军将领夏金吾(金兀术之婿)被岳家军斩于阵前,金军全线溃败,宋金战局也因此改观。岳飞作战总是战必胜,攻必克,守必固,使金军惊叹"撼山易,撼岳家军难"。

戚继光:倭寇克星

明代抗倭名将戚继光,字元敬,山东济宁人,祖辈都是明代将领。他从小就受到父亲保家卫国的教育,很早便继承父业,开始了军旅生涯。他曾在一首诗中写道:"封侯非我意,但愿海波平。"

元末明初,一批在日本内战中失败的流亡武士,勾结商人和破产农民,来到中国沿海,以做生意为名,走私货物、骚扰百姓,被称为"倭寇"。到明代嘉靖年间,倭寇之患越发猖獗,尤以江浙一带最为严重。嘉靖三十四年(1555年),戚继光被提升为参将,由山东调到浙江,镇守宁波、绍兴、台州三府,那正是倭寇活动的中心地带。到浙江以后,戚继光体会到,必须训练一支抗倭劲旅,才能彻底打败倭寇。于是,他到浙江义乌招收当地的农民和矿工参军。这些人经过戚继光的严格训练,都成了戚家军的骨干。

嘉靖四十年(1561年),倭寇一万余人大举侵掠浙东沿海的台州府各地,并以主力进攻宁海。戚继光以一部分兵力镇守台州,亲率主力赶赴宁海。戚家军的新兵士气高涨,兵行迅速,在温州西南的雁门岭与倭寇展开激战,大败敌方。但是,另一支倭寇却乘机进攻台州府城。当时台州守军不多,而且城墙不固,处境危急。闻报后,戚继光又立即挥师援救台州。他亲临前线激励士卒,将士们士气振奋,奋勇冲杀。倭寇假意败退,将抢劫来的金银故意散落地上,想引诱戚家军捡拾,然后再杀个回马枪。但是,戚家军纪律严明,没有人在战斗中抢掠捡拾银两。倭寇白费心机。戚家军愈战愈强,倭寇节节败退,最后被悉数歼灭。后来又经过几次战斗,倭寇在浙江的主力基本上都被戚家军歼灭了。

邓世昌:晚清最后的国魂

1894年9月17日,清军北洋水师的海军提督丁汝昌率舰队完成护送援军任务返回旅顺时,在鸭绿江口的黄海海面上遭遇日本舰队,双方展开激战。战斗刚一打响,主帅丁汝昌就身负重伤,帅旗也被炮火击落。在这危急时刻,"致远"号管带邓世昌挺身而出,主动担负起指挥舰队作战的重任。

邓世昌是广东番禺人。十四岁时考入福州船政学堂,学业优异。毕业后,他历任"海东云"、"振威"、"镇北"、"扬威"等舰管带,1879年调入北洋舰队。他"治事精勤"、"西学湛深",平素爱护士卒,深得部下的爱戴,是当时中国海军中不可多得的将才。甲午海战中,在邓世昌的指挥下,"致远"号官兵表现得格外勇敢。在日舰围攻下,"致远"号多处受伤,燃起大火,船身倾斜。邓世昌鼓励全舰官兵道:"吾辈从军卫国,早置生死于度外,今日之事,有死而已!"他毅然下令全速撞向日本主力舰"吉野"号右舷,决意与敌同归于尽。敌舰见状大惊失色,集中炮火向"致远"射击,结果"致远"号鱼雷发射管被炮弹击中,发生爆炸,导致"致远"号沉没。邓世昌落海后,他的随从抛出救生圈相救,他拒绝道:"我立志杀敌报国,今死于海,义也,何求生为!"说完便沉没于波涛之中,与全舰官兵二百五十余人一同壮烈殉国。

Chapter7 第七章
武人的故事

侠之大者

司马迁著《史记》特有一章《游侠列传》，认为侠客们"行虽不轨于正义，然其言必信，其行必果，已诺必诚，不爱其躯，赴壮士之厄困"。"侠"这个词最早见于战国时期，在《韩非子·五蠹》中有"儒以文乱法，侠以武犯禁"。这种侠义精神，正是中国武术武德的体现，我们将其概括为一种与不公道的命运或体制抗争的精神，一种临危不惧、克服困难的精神，一种维护正义、虽死不悔的精神。

专诸

最早的侠客就是春秋战国时期崛起的"士"，是以刺客的面目登上历史舞台的。他们身怀过人的才能与抱负，在各诸侯国之间游走，被慧眼识英的贵族招揽为门客。他们崇尚"士为知己者死"的信条，为报知遇之恩，往往不惜性命。比如刺杀韩傀的聂政、刺杀吴王僚的专诸、刺杀秦王的荆轲，都是最早的游侠代表。

专诸是春秋时人，以勇义闻名。他生得高额凹眼，虎背熊腰，异于常人。伍子胥见专诸体格雄伟、相貌奇特，知道他是个勇士，于是与他结交。后来伍子胥逃亡到吴国，将专诸推荐给吴国公子光，就是后来的吴王阖闾。公子光待专诸甚厚，并告诉专诸，吴王僚夺取了本应属于自己的王位，他想谋杀吴王僚，请专诸相助。专诸感戴他的知遇之恩，慨然相允。吴王僚喜吃鱼，专诸就到太湖师从名厨学习烤鱼，三月而精此技。公子光乘吴王僚派兵远征、被困楚国之际，请吴王僚赴宴，以伺机行刺。吴王僚赴宴时身穿铁甲，席间卫士不离左右。酒过三巡，专诸将短剑藏入鱼腹中，借上菜之机，仗剑刺死吴王僚。结果专诸当场被卫士所杀。公子光称吴王后,追封专诸为上卿。

荆轲

　　荆轲是战国末年卫国朝歌人,智勇双全,人称庆卿。后游燕国,被燕太子丹拜为上卿,人称荆卿。公元前228年,秦王嬴政攻下赵都邯郸,危及燕国。燕太子丹请他去谋刺秦王,解救赵国,荆轲慨然应允,高唱"风萧萧兮易水寒,壮士一去兮不复还",前往秦国。至秦国后,荆轲用珠宝贿赂了秦王的宠臣中庶子蒙嘉,得以约会秦王。当日,荆轲捧着秦国叛臣樊於期的首级在前,勇士秦舞阳捧着装有献给秦国的督亢地图图匣在后,进入咸阳宫见秦王。秦舞阳被秦王的气势吓得浑身发抖,荆轲只好独自一人献头献图。秦王把地图徐徐展开,最后露出卷在地图里淬过毒药的匕首。荆轲冲过去握住匕首,向秦王刺去。经过一番追逐搏杀,荆轲没能将秦王刺死,反而被害。

大刀王五

　　王正谊,字子斌,国人尊称"大刀王五"。他生于清道光年间,自幼练就一身好武艺。1875年,王正谊来到北京,先做镖师,后开办源顺镖局,几年间跻身于京城八大镖局之列。由于王正谊行事仁义有礼,源顺镖局在同行中声誉鹊起,大江南北只要见到镖旗上有"王五"二字,就无人敢犯。

　　1876年,王正谊收年轻的谭嗣同为徒,二人很快成为莫逆之交。1898年,光绪帝接受康有为、梁启超等人的变法主张,任用维新人士推行新令。谭嗣同也被征招入京,参与维新变法。谭嗣同在京期间的衣食住行均由王正谊操持,王正谊还选派精壮武师卫护谭的住所,并且本人亦常随左右。王正谊在谭嗣同的支持下广交武林豪杰,积极宣传变法,发展志同道合的人加入维新行列。同年9月,慈禧太后发动戊戌政变,百日维新失败,谭嗣同被捕,与其他五人一同遇害,史称"戊戌六君子"。王正谊闻讯悲痛欲绝,冒着生命危险赶到刑场,伏尸大哭,然后涤尽烈士身上血污,

Chapter 7 第七章
武人的故事

收尸装殓,并在自己的居所密设灵堂,祭奠七日,又亲自扶棺送往谭的老家浏阳安葬。

1900年,义和团打着扶清灭洋的旗号进入北京。王正谊率先响应,组织起二百余名武林壮士攻打西什库法国教堂,又配合义和团攻打使馆区东交民巷。8月14日,八国联军侵占北京,慈禧及王公大臣仓皇西逃。10月25日,王正谊和义和团首领张德成等在源顺镖局秘密集会时,突然被上千清兵包围。王正谊等几十位武林豪杰,面对敌人无所畏惧,奋力搏杀,但由于双方力量相差悬殊,最后在前门东河沿惨遭枪杀,时年五十六岁。他罹难前高呼:"大丈夫生不能报效正义,以躯而殉大业,死而无憾!"王正谊壮烈牺牲后,北京盛传的竹枝词中有一首专写大刀王五:"匹马秋风胆气豪,精忠报国亦徒劳,朝官安稳鸳鸯侣,不见当年王大刀。"

古来征战几人回

士兵是统治集团利益的争取者和保护者,而他们本身的意义就是战斗、流血、流汗和死亡。谁拥有的兵力多,谁拥有的土地财产或美女就多,谁的统治地位就越巩固。所以,征兵用兵是历代统治者首先要解决的问题。

从夏朝一直到春秋战国,士兵的来源主要是靠征兵,间或有募兵役的情况,招收的兵员大多来自农民。《左传》中说齐僖公派兵守卫葵丘,走时约定一年即回,可一年后仍然没有派人去代戍,士兵气愤之下将齐僖公杀了。《诗经·小稚·采薇》道出了远戍士卒的辛苦,"行道迟迟,载渴载饥。我心伤悲,莫知我哀"。

秦汉时主要实行役兵制,秦规定十六至六十岁的男子都要服兵役两年,一年在本地,一年去戍边;汉朝把征兵年龄改为二十岁至五十六岁。但都要兵农结合,闲时为农,战时为兵,士兵要自备衣粮。

隋唐的府兵制有秦汉时兵农合一的特色,士兵的衣粮自备,不同的是士兵每年有十一个月务农,只有一个月服兵役,这就意味着战事不可长,营地不可远。但统治者往往打破自己的规定。公元609年,隋炀帝西征吐谷浑,士兵被大雨所困,死亡惨重;一年后,他又征高丽,运送军资的人就有数十万,由于昼夜奔波疲惫不堪,许多人死于路上。高丽这场战争打了三年,使隋朝元气大伤,促使了隋的灭亡。到了唐朝,战争的规模向北扩大到蒙古高原,向西向南延伸到云南、广西、贵州及中亚、印度,战事往往长达数年之久。唐高宗在公元660年3月集十万大军征伐百济,到663年9月才全部撤兵,历时达三年半。由于府兵自备衣食及戎具,经不起长期的战事折磨,无衣无食、贫困不堪,许多士兵靠吃草籽和树皮为生,因此,府兵制的垮台也就在所难免了。

Chapter7 第七章
武人的故事

宋明时期,朝廷企图通过招募的方式稳定军队,提高战斗力。但若非饥荒和战乱所逼,农民们是不愿意当兵的。倒是那些游手好闲的市井无赖,冲着些许军饷自愿应征入伍,可这些刁钻油滑之徒不仅败坏了军中风气,而且使军队战斗力低下,成了"战则必败"的队伍。宋徽宗时,有的军队十无一二,有的边兵也所剩无几,军士死亡不补,缺员严重,而掌管军权的童贯等人,却把这些空额薪水以节约为名上交皇帝,以博得好感和重用。

到了明朝,许多将领靠拿空额军饷发财。明武宗时,给事中王良佐奉敕选军,发现兵籍上的三十八万人,有二十四万是虚额,而剩下的十四万多为老弱之兵,入选的也只有二万人,军队空虚衰颓到了极点。蒙古人兵临城下,他们被驱出城外与敌交战,吓得痛哭流涕,屁滚尿流。

清朝实行"旗兵制",以部落为单位组成"旗",旗是军政合一的组织,旗民平时为民,战时为兵。因此,旗兵制就是部落兵制。1615年,努尔哈赤将满、蒙、汉族力量编成八个旗,分别用正黄、正白、正红、正蓝、镶黄、镶白、镶红、镶蓝八种色旗作标志。清代自乾隆后期军中腐败之风猖獗,主管官员通过冒领、冒销等手段,将半数以上的军饷帑银纳入自己的腰包。军官石作瑞贪污的帑银高达五十多万两。他曾一次赠送他的上司三斛珍珠、一万匹蜀锦。在这种极度糜烂的政治风气影响下,曾经以摧枯拉朽之势灭亡明朝的八旗军,后来面对手拿叉把、扫帚的起义者,都难以招架了。

清朝的"警察"

清代州县衙役也称"差役",是官府中勤杂人员的统称,是衙门中人数最多、成分最杂的成员。其中略具现代警察职能的衙役号称"三班衙役",即"站班皂隶"、"捕班快手"、"壮班民壮"。站班皂隶因原来规定穿黑色服装而得名,皂就是黑色的意思。他们头戴高顶黑红帽,身穿皂青布衫,肩上挂一条红搭包(也叫"搭膊"、"搭连"、"褡裢",是一种缝有口袋的布带,可以挂在肩膀上,也可以缠在腰间),脚蹬黑色布筒靴,手持一根一头略扁一头圆、一半红色一半黑色的"水火棍"。当官员坐堂审案时,皂隶们在厅堂两侧"站堂",负责维持秩序,并传带诉讼当事人,其性质有点近似于现代的法警。当官员"洒签",也就是扔下指示刑讯的"堂签"时(每根"堂签"代表责打被讯人五下),皂隶们就手持刑具,一拥而上拷打犯人。而当官员出外巡察时,皂隶们就前呼后拥,警戒开道。

捕班快手是专门跑外勤的衙役,类似于现在的警探。快手一般穿着便衣,怀揣铁尺,腰缠绳索,探听市井风声,侦缉犯罪案件,传讯或拘提被告和有关证人,同时搜寻证物。不过,如果没有官府签发的牌票,他们就只能对现行犯和通缉犯实行拘捕。至于壮班民壮,略似于现在的巡警或警卫,负责警戒衙门、仓库、监狱,并巡逻街市,护送过往的官方物资,以及押解人犯。

以上三班是衙役的主体,三班之外,还有专门检尸验伤的仵作、稳婆,行刑杀人的刽子手,传递公文的铺兵,看管监狱的禁子,管理仓库的库丁、斗级,以及衙门中的种种侍役:门子、茶夫、钟鼓夫、伙夫、轿夫、扇夫、伞夫、更夫、鸣锣夫等。此外,巡检司的弓兵,官学校的门斗,驿站的驿夫,一般也划入衙役的范围。

古代官府中的杂役历来是征召当地百姓无偿服役,因轮流派差而称

Chapter 7 第七章
武人的故事

"差役"。到了明清时,差役大多由当地人"投充",成为一个专门的集团。清代法律将大多数衙役划为贱民。这些贱民本人及其三代子孙不准参加科考,也不准出钱捐官。此外,贱民也不得与良民通婚。

清代衙役做的虽然是公家事,但却吃不饱公家饭。因为衙役是由无偿服役发展而来,官府并不支付酬金,只是象征性地给点伙食补贴,称"工食银"。工食银按衙役的种类定多寡,但大都少得可怜,一般每年不过六七两而已。其中,捕快的工食银最多,每年十一二两,最低的是钟鼓夫,每年才一两多一点。

不过,衙役们要吃饱饭也不难。捕快抓人要"上锁钱",放人要"开锁钱";即使传唤证人,也要"脚钱"、"鞋钱"。皂隶执行刑讯,受刑的人如果想少受苦,就要给"杖钱",如果原告私下请求重打被告,就要出"倒杖钱"。牢头禁子要"入监钱",放人出狱要"出监钱",如此等等,不一而足。所以,实际上衙役只要学会摸透其中的关节,不仅能吃饱,甚至还可以捞到不少油水。正因为如此,衙役也成了众多地痞无赖争相投充的职位,往往还得出一份"顶头银",才能买到一个正式的衙役之位。

衙门中的衙役数量一直是有定额的,不过在定额内的"经制正役"外,还有经核准增加的"帮役"、"副役";而正役、副役又各有"帮手"、"白役"。事实上,每一州县的正役、副役已经为数不少,但白役更多,据明末《虞谐志》记载,仅常熟一个县就有衙役上万名。清人刘衡曾说,他任四川巴县知县时,衙门里有七千多名衙役。浙江钱塘、仁和两个县,各有正身白役一千五六百人。这么多没有正常收入的衙役,自然难免扰民生事。当时,为了拘提一个被告,往往出动两名正役、四名副役、七八个帮手,共十几人到被告家骚扰叫嚣,索取钱财。而当县官出外亲自主持验尸时,随行衙役常有上百人。所以"衙役"在清代常常被看做是地方政治的一大弊端,称为"衙蠹"。

古代的镖局与镖师

镖局，最早出现于清代初期，是为一些商家和个人提供安全保障的专门机构。镖局的出现与金融业的兴起有密切的关系。中国第一家镖局叫兴隆镖局，是山西人"神拳无敌"张黑五在北京顺天府门外创办的。最初的镖局专门押送来往信件，叫做"信镖"；到了清朝中叶，随着票号的产生，镖局的主要业务转为为票号押送银镖。到了清朝末期，随着票号的衰败，镖局的业务转为为有钱人押送衣物、首饰，或保护其人身安全，这就形成了人身镖。

镖局一般会雇佣社会上一些身怀武艺的人负责保镖，武行中称他们为"镖师傅"。镖师拿着接收镖物的清单，再带上官府开的通行证，就可以上路走镖了。走镖方式有三，一是威武镖，二是仁义镖，三是偷镖。威武镖是在行李上插一杆大纛旗，旗上写着镖师的名字。走镖时将镖旗拉至顶上，叫做拉贯顶旗，打起长槌锣声："哐！哐！"镖手们或亮起嗓门喊号子，或者喊出本镖局江湖名号，这叫亮镖威。走仁义镖，那就需下半旗，打十三太保长槌锣、五星锣或七星锣。如果某个关卡不让走镖队伍经过，又斗不赢人家，那就只有悄不做声，马摘铃铛、车辖辘打油、旗子收起，偷偷摸摸过去，这便是偷镖。

镖队走到山间凶险的所在，沿途都会喊镖号，高喊"合吾"二字，意思是：和我合得来的，也就是朋友的意思。过山口之类的地方更要喊，还要喊得抑扬顿挫，叫"凤凰三点头"，喊得越勤越好。如果埋伏的盗贼看到车上的镖旗，有交情的自会给一份面子。

如果对方看见镖旗仍旧不给面子，那么领头的镖师就会下马，上前施礼道："当家的辛苦了。"对方回道："掌柜的辛苦了。"此时镖师要自报名号，但不能问对方姓名，然后用江湖的黑话对谈。镖师要承认，天下习武之人同师同源，所以得讲江湖义气，求朋友借个道。如果谈得好，贼头就会同意让路。这种跟盗贼谈判，行话叫做"点春"，在镖行是个不亚于功夫的技术。

如果对方上来就大喊"此山是我开，此树是我栽"一类的话，一般都是半路出家的业余强盗，行话叫"打杠子"。这种人一般没什么本事，镖师也犯不着跟他废话，两下将他制服，教训两句，也就完了。如果是铁了心要抢的一伙人，行话叫他们"饿虎"，也就没有"点春"的余地了，那就是一场刀剑相拼的恶斗。镖师一般不会将对方杀死，更不会扔下镖车去追赶穷寇。因为如果杀死了盗贼，会给自己招惹很多不必要的麻烦。

第八章 农人的故事
Chapter 8

中国是人类的发祥地之一。距今170万至1万年前,已有脱离动物界的原始人类生活在这片辽阔的大地上。距今1万至4000年前,也就是史称的新石器时代,生活在这块土地上的先人们创始了农业。一般认为,采集活动孕育了原始的种植业,狩猎活动孕育了原始的畜牧业。中国古代有关"神农氏"的传说就反映了原始农业发生的那个时代。

Chapter8 第八章
农人的故事

以农为本,以农立国

中国是世界农业发源地之一,也是世界上历史最悠久的农业大国之一。中国人民的祖先早在七八千年以前,就已经摆脱了采集、狩猎经济,开始从事农业生产。自进入阶级社会以后,历经朝代更迭、沧桑变迁,但以农立国的发展道路却始终未变。

在中国传统社会中,一切权力都集中在皇帝手中,所谓"普天之下,莫非王土;率土之滨,莫非王臣"。因此,农业管理职能也被纳入了皇帝的权力范围,历代重农政策由皇帝本人推行,因而获得了绝对的权威性。首先,身为君王,要"知稼穑之艰难",要体恤百姓的疾苦,不可一味纵欲享受,贪图安逸,否则百姓就会起反叛之心。其次,天子要亲自"耕帝籍田",而后妃也要亲自从事蚕桑,为全国百姓起到表率作用,并显示朝廷对农桑的重视,以笼络民心。历朝历代都有皇帝和皇后在春耕时节亲自演习耕种的传统。

北京城里的先农坛始建于明嘉靖年间,清乾隆时重修,是明清时期皇帝举行祭祀先农的礼仪和演示"亲耕"籍田礼的地方。在清代,每年农历三月上亥日籍田礼举行的前一天,户部、礼部官员要和顺天府的官员把耕籍器具与农作物的种子送到太和殿,请皇上过目,再由顺天府官送到先农坛籍田处。籍田礼举行的当天清晨,午门钟鸣后,皇帝身着礼服,坐着龙辇,在文武官员的簇拥下来到先农坛。皇帝先行祭礼,然后换上龙袍,来到亲耕田。亲耕田共一亩三分,旁边还有十二畦,由三公九卿从耕。明代的制度是皇帝右手扶犁,左手执鞭,往返犁三趟,府丞捧着装有种子的青箱,由户部侍郎跟着皇帝播种。然后,礼部尚书和顺天府尹接过耒耜、牛鞭,皇帝上观耕台看三公九卿籍田。亲耕仪式后,皇帝还要听礼部尚书跪奏所耕的亩数。再次,就是皇帝要将处理农政作为自己的日常公务,尤其在紧要的农时关头,更要加紧农业的管理工作。

皇帝如此看重农政工作,下面的官员在农业方面更是丝毫马虎不得。一个地区的农业状况成了考察当地官吏政绩的重要标准,如果那里土地肥沃、桑麻茂密、六畜兴旺,那么,地方官也就是一个好官。

中国农耕技术的发展

古代农民在他们那个时候就知道,虽然农业生产必须要上应天时、下宜地利,但并不是说人要被自然条件所束缚、控制。他们在耕作中充分发挥主观作用,使农业生产从简单地依赖、利用天时和地利条件,变为主动积极地干预自然界的物质变换,通过"力足以胜天"的方式,达到农业丰收的目的。

瞒天复种

农作物的成长与一年四季的节律是相对应的。一般来说,春种秋收,在北方只能一岁一收,南方也只能一岁二收,这是人们被动利用"天时"的生产方式。但是,各种农作物具有不同的播种期和生长期,它们对光照、湿度、热度和温度等生态因素的要求是不同的。因此,人们通过研究,在同一块农田上错开时间种植不同的作物,以达到"一岁数收"的目的,这就产生了复种技术。

我国古代的复种技术是从间作和套种技术中发展起来的,比欧洲人早两千年。最早的复种技术仅限于蔬菜栽培方面,后来发展到粮食种植领域,主要是在谷物中复种蔬菜。例如元代出现的区田技术,将农田划分成棋盘状,在这些区里,正月种春大麦;二、三月种山药、宁子;三、四、五月种谷、大豆、小豆、豇豆、绿豆;八月种麦子、豌豆。在北方地区,最简单的方式是"一岁二收",此外还有更为复杂的"二岁十三收"等。

复种技术的采用和推广,打破了"天时"的局限性。人可以通过巧妙利用农作物的生长期,将有限的"天时"变成无限的"农时",通过在一块农田上种植不同的农作物,以农田利用的无限性弥补"天时"的有限性,达到最大限度利用地力的目的。

盗地耕田

我国古代随着社会的发展,人多地少的矛盾日益凸现出来,这时,如何扩大耕地面积的问题就被提上了日程。我们的祖先在长年的耕作劳动中总结发展出了多种垦田的技术。

圩田,又称围田,是开垦和利用低洼土地,尤其是河滩地的一种方式。在春秋时代的吴越地区,人们就已经开始围田,到了南宋,圩田技术发展到了高峰。其具体作法是,在低洼地、沼泽地、坡塘、湖泊、河道边滩地上,用修筑堤岸的办法,将地围起来,开辟为农田。堤内围田,堤外围水。

梯田,是一种妥善利用丘陵坡地的耕种方式。它的起源可追溯到汉代,而"梯田"的名称始见于宋代。在宋代史料的记载中,梯田已经十分兴盛,从山脚到山顶,一眼望去,梯田层层叠叠,蔚为壮观。梯田的具体做法是,在山区、丘陵区坡地上,平土筑坝,依山而上,修成许多高低不等、形状不规则的半月形田块,上下相接,像阶梯一样。

不过,与水争地的圩田和与山争地的梯田都必须以因地制宜为原则。如果不顾当地自然条件,盲目地发展圩田和梯田,极易造成降低泄洪能力、增加水患危险,或者破坏天然植被、加重水土流失的严重后果,从而导致农业生产能力的下降。

借物施肥

肥料对于农业生产中的重要作用,早在我国古代时农民就意识到了,而且所使用肥料的来源十分广泛。我国传统的肥料大体上可以分为十大类:一是大粪,即人的粪尿。二是牲畜粪,包括厩肥、鸟兽类粪便和蚕沙等。施用这一类肥料时要根据作物的具体情况而定,比如,种韭菜宜用鸡粪。三是绿肥,包括苗粪和草粪两类。苗粪指的是配置的绿色作物,比如苜蓿、豆类等;草粪指的是野生植物的枯枝败叶。四是渣粪,包括菜子饼、芝麻饼、豆饼和棉子饼等农产品加工后的剩余物。五是骨蛤粪,包括一切禽兽的骨头、蹄角,还有蚌蛤等的骨灰和骨粉。六是皮毛粪,包括鸟兽皮、猪毛皮渣等。七是生活废弃物粪,包括米泔、洗鱼水、稻麦秸等。八是泥粪,包括坑土、墙土、硝土、草木灰等。九是泥粪,包括阴沟、渠港、河底青泥污水。十是石灰、硫磺、砒、黑矾等矿物肥料。其中前七类基本上是有机肥,后三类大都是无机肥。

在肥料的制造和使用方面,古人也总结出许多至今仍然有用的规律和经验。比如,制造堆肥的方法就有踏粪法、窖粪法、蒸粪法、酿粪法、煨粪法、煮粪法等;而施肥的方式主要有基肥、种肥、追肥三种形式。在施肥原则上,一要考虑"时宜",就是在不同季节要施用不同的肥料;二要考虑"地宜",就是要根据不同的土壤性质施用不同的肥料;三是要考虑"物宜",就是要根据不同的作物施用不同的肥料。

中国的土地在连续种植几千年的情况下,不仅没有产生地力与产量相互制约的矛盾,而且形成了农业越发展,土壤越肥沃,土壤与农业产量相互促进的良性局面。

善用农具

农具是农业生产不可缺少的工具,古代农业的发展与进步常常是伴随着农具的进步。历代农民在耕作中除重视天时、地利之外,也十分注重农具的发明和改进。我国有记载的最早的农具是"耒耜",传说是神农发明的。原始社会时,人们只用一个削成尖头的木棒破土、打穴、播种,这种尖头木棒就称为"耒"。后来为了劳动的方便,便在尖头的一端加上一个小横木,以便脚踩,同时又将木棒用火烤成弯形,这样破土时可以更省力。起初,耒只有一个尖齿,后来为了提高破土的能力,人们便将一个尖齿改成两个尖齿,称为双齿耒。有的索性在耒的一端安上一个石制的或骨制的平板,后人称它为耜冠,从而发展成了一种新的农具——耜。用耒耜掘地时,要用手握耒柄,脚踩耜冠,每刺一下土,翻一块土垡,就向后退一步,一行耕毕,再按原样耕下一行。

犁是一种由耒耜发展而来的耕地农具。我国在战国时代便有了铁犁。犁的出现使以前由上而下、间断式的破土方式变成了由后向前连续推进的形式,大大提高了耕地的效率,具有划时代的意义。从此以后,犁便成了我国最主要的耕地农具。

耧车是一种播种用的古代农具,出现在汉武帝时期。耧车由耧架、耧斗、耧腿等几部分组成。耧架是木制的,可供人扶、牛牵;耧斗是盛放作物种子的木箱;耧腿后部中间是空的,两脚之间的距离就是一垄。播种时,一头牛拉耧,一人牵牛,一人扶耧,一边走一边摇,种子就自动流出,播入土中。耧后边的木框上还悬着一根方形木棒,可以随着耧车的前进把土耙平,把种子覆盖在土下。这样,一次就完成了开沟、下种、覆盖三道工序。利用这种耧车,一天就能播种一顷土地,大大提高了播种效率。

翻车,又叫龙骨水车,是一种用来提水灌溉的农业机械,发明于东汉灵帝年间。翻车主要由木链、水槽、刮板等部件组成。提水时,用人力、畜力或水力带动下边的龙骨板叶沿木槽向上移动,把水刮上岸来,流入农田。

御灾备荒

在以农立国的国家,百姓的生产和生活很大程度上依赖自然条件。风调雨顺时,农业就会丰收,人民衣食有了保障,人心就安定,社会也才安稳。而一旦遇有水旱灾害,粮食减产或颗粒无收,就会饥馑流行,百姓流离失所,社会因而混乱。为此,人们在长期的农业生产过程中总结出了一系列富有创见并颇有成效的防灾、减灾和救灾措施。

水旱灾害是威胁我国农业生产的主要灾害,而水利工程则是解决水旱灾害的一项重要措施。旱则灌,涝则排,这样农业生产才会旱涝保收。通过工程方法,人们才有可能使水害转化为水利。

从大禹治水的神话开始,我们的祖先就在同水旱灾害进行着斗争。秦朝时由蜀地太守李冰主持设计建造的都江堰,代表了我国古代水利建设的最高成就。

位于四川成都平原西部的岷江是长江上游一条较大的支流。每当春夏山洪暴发之时,江水奔腾而下,从灌县进入成都平原。由于河道狭窄,古时常常引起洪灾,洪水一退,又是沙石千里。灌县岷江东岸的玉垒山又阻碍着江水东流,极易造成东旱西涝。秦昭襄王五十一年(公元前 256年),李冰任蜀郡太守,他为排除洪灾之患,主持修建了都江堰水利工程。都江堰的渠首工程主要由鱼嘴分水堤、飞沙堰溢洪道、宝瓶口进水口三大部分构成,将岷江水流分成两条,其中一条水流引入成都平原,这样既可以分洪减灾,又达到了引水灌田、变害为利的目的,使川西平原变成了"水旱从人"的"天府之国"。

农家的"传家之宝"

在我国悠久的农业历史上,历代农学家曾总结、记述了广大农民在生产实践中取得的成就和经验,给我们留下了不少有价值的农业著作。除了见诸文字的农书以外,还有一部活在农民口头上的"农书",那就是农谚。各行各业都有自己的行话,农谚就是农民种田的行话,是他们从事农耕的经验之谈,在几千年中经过人们的口耳相传,成为农家的"传家之宝"。

来自口头

农谚是广大农民在生产和生活中的口头创作,具有口头语言的特色。它经过人们口口相传,千锤百炼,既生动活泼,又朴素自然,原汁原味,带有来自乡野的新鲜泥土气息。口语化的农谚没有经过文人的雕琢和修饰,令人感到非常亲切,富于情趣和感染力,从而非常容易理解接受和记忆,正如农民所言的:"千句万句,不及农谚一句。"

例如:

好酒好肉待女婿,好粪好料上秧田。

头伏翻地一碗水,二伏翻地半碗水,三伏翻地没有水。

种子下地,父母落葬,为人间大事。

院里无土难打墙,地里无肥难打粮。

早喂猫,晚喂狗,洒米喂鸡,拌糠喂猪。

勤,锄头底下出黄金;俭,米缸里面长白银。

Chapter8 第八章
农人的故事

精练概括

农谚经过了千家万户的传诵,长年累月的磨炼。那些流传下来的谚语往往在短短的一两句话,甚至三五个字之内,就蕴含了丰富的农耕经验和思想内涵。比如,"秧好一半稻",这句农谚只用了五个字,可以说是简练异常,但却清楚而深刻地说明了培育壮秧对水稻增产的重要意义。

又如:

四月南风大麦黄,采了蚕桑又插秧。

日落胭脂红,无雨便是风。

日晕风,月晕雨。

十雾九晴。

修塘积水,粮食到嘴。

干锄一遍光,湿锄十通荒。

生动形象

农谚之所以能够深入人心,同它的语言生动形象分不开。例如"鱼鳞天,不雨也风癫"、"天空鲤鱼斑,晒谷不用翻",这两句农谚以"鱼鳞"和"鲤鱼斑"来形容云彩的形状,表现气象的变化,不但描摹逼真,而且形象生动,听起来有声有色,优美动人。又如,"玉米去了头,力气大如牛",以牛力来比喻玉米去雄(俗称去头)杂交的增产潜力,语言无比生动,十分贴切鲜明,更增添了语言的魅力。

还如:

晓雾不收,晴天可求;雾收不起,细雨不止。

今夜斑斑云,明天晒死人。

风吹一大片,雹打一条线。

春天孩儿面,一天变三变。

早晨起霞,等水烧茶,晚上放霞,旱死青蛙。

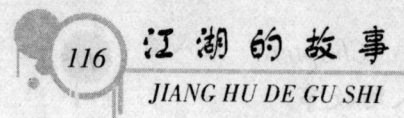

押韵顺口

在过去,农民很少有读书识字受教育的机会,生产技术和生产经验的传授与交流,只能通过口耳相传,所以要求语言顺口,容易记忆。因此,许多农谚合辙押韵,节奏鲜明,富有音乐性,读起来琅琅上口,念上一两遍就能很自然地记住。

例一:

米细面,土中提炼。

庄稼一枝花,全靠肥当家。

庄稼不问爹和娘,功夫到了多打粮。

种田无秘诀,只怕肥料缺。

有收无收在于水,多收少收在于肥。

例二:

庄稼百样巧,地是无价宝。

宁可饿断肠,不可吃种粮。

姑娘怕误女婿,庄稼怕误节气。

夏至杨梅满山红,小暑杨梅要出虫。

粒米积成箩,滴水汇成河。

Chapter8 第八章
农人的故事

农民与地主

传统社会的农民,虽然都是靠耕种土地,收获农作物为生,但是他们的身份却不尽相同,根据拥有土地的情况,他们可以分为自耕农、佃农、雇农等几类。自耕农是指自家拥有田产的农民,可以自行耕种,自给自足。佃农,是那些没有或者只有很少的田产,而自有一部分农具,依靠租种地主的土地为生的农民。雇农,一般指拥有极少或者完全没有土地和生产工具,以出卖劳动力为生的农民。其中,自耕农和佃农构成了中国封建社会农民的主体。

在封建王朝的初期,由于天下战乱初定,人口较少,统治者实行均田政策,通常自耕农的数量大于佃农,农村乃至整个社会比较稳定。而到了中后期,随着社会生产的发展,土地兼并越来越严重,许多自耕农失去土地,不得不租种地主的土地,从而沦为佃农甚至雇农,导致佃农的比例大幅上升。而此时,地主与佃农之间的矛盾会日益加剧,最后发展为农民战争。这几乎成了每个封建王朝周而复始的规律。

明清到近代时期,农村中佃农和地主之间的租佃关系大致上可以分为三种:

一是租种制,就是地主只出租土地,其他生产资料由佃户自备。租种制分为分租制和定租制两种,其中分租制就是每年的收成由地主与佃户按一定的比例分配,又称"分成制"。地主为了保证地租收入,往往对佃农的生产活动进行干预,对佃农的监控很严。而地主家修建房屋、婚丧嫁娶时,或者需要有人看家护院、打杂帮工时,佃户须到地主家无偿帮工,因此地主与佃农的关系还保留着主仆关系的色彩。定租制是按租佃土地的面积预先规定地租的数额,又分为钱租与谷租,通常"丰年不加,欠年不减",又称"死租"、"呆租"等。虽然这种制度下,佃农多打的粮食是自己的,但由于种地受自然因素的制约,丰欠无常,遇到荒年,佃农经常因欠收而欠租。老租户常常旧欠未消,新欠又增,日积月累,永无止境。

二是伙种制,就是地主除出租土地之外,还提供牲畜、种子、肥料、农具等一部分生产资料,因此地主所得的分成比例要高于分租制。如果分租制下是对半分,在伙种制下,地主所得就可能是六成、七成,甚至八成。

三是帮工佃种制,就是地主除出租土地以外,还提供牲畜、种子、肥料、饲料等大部分生产资料,有些还供给佃户本人及其家属口粮和住房。一般农具由佃户自备。而收成双方按事先议定的比例分配,同时佃户还要将借用的口粮、种子和饲料归还地主。这种情况下,地主所获得的分成比例很高,一般是"二八分"(地主八成),有的是"一九分"(地主九成)。此外,佃户和他的妻子儿女还要承担地主家的各种劳役,包括驾车、运货、饲养牲畜、做饭、洗衣、看孩子以及纺线、织布等。

在现代歌剧《白毛女》中,佃农杨白劳租种了恶霸地主黄世仁家的六亩地,年年欠东家的租子,老是还不完;又借了黄家的钱,"驴打滚"高利贷的债也永远还不清,最终在黄世仁的残酷欺压之下含恨自杀。以前的文艺作品中,地主通常被描绘成这样一种贪婪、凶残、无耻的丑恶嘴脸,而地主和农民的关系似乎也是水火不相容。事实上,中国传统农村里的地主、富农与贫民、雇农的剥削与被剥削关系都是在一种叔伯、兄弟等亲情关系的外衣下掩盖着。特别是一些老实的农民,长期以来都认为如果不是地主、富农看在亲戚情分上租土地给自己种或者雇佣自己种地,生活可能会更加困难,因此他们对地主、富农往往心存感激,而看不到是自己的劳动养活了他们,认识不到自己受剥削的事实。

农村丰富多彩的民俗

每个民族在长期的繁衍生息、以及不断的融合和发展过程中,都形成了丰富多彩的风俗习惯。它是人类生活中最早产生的一种社会行为规范。而由于农村人口在中国人口中所占的比例之大,中华民族的民俗习惯保存得最完整、最牢固、最典型的,莫过于农村民俗。

迷信

古时候,由于科学技术与生产力的落后,人们无法正确解释各种自然现象与社会生活之间的关系,只能借助于各种臆测、附会和虚假联系,认为有某种超自然的力量在支配世间一切,必须通过某种形式的仪式才能驱邪避恶,让诸事顺意。这就是迷信产生的根源,这种信仰一旦形成,就具有强大的惰性,会产生广泛而久远的影响。即使到了科学较为发达的时代,迷信心理仍牢固地以传统风俗、舆论等形式控制着人们的思想和行为。

此外,迷信活动在农村得以传播,还有一定的社会心理机制。旧中国的农村曾广泛流传"皇历",每本皇历都告诫人们哪天是黄道吉日,哪天为凶日,哪天宜出门,哪天不宜远行,哪天宜婚娶,何日不宜动土等。至于为什么这一天吉或凶,为什么必须这样做,答案却是"信则灵"。在这里,迷信巧妙地利用人们追求平安顺利的愿望,通过心理暗示等手段,利用人们的从众心理,操纵着人们的行为。有时候,某些迷信活动似乎真能治好病,其实这些病都是心因性疾病。因为迷信活动能给病人一种暗示,使之产生积极的情绪,从而有利于身体正常生理机能的恢复。

尽管迷信现象是人类远古生活的曲折反映,曾有纪念祖先、缅怀历史的意义，但在科技发达的今天，这些活动大都对农民的思维和情感造成束缚，影响了农民的生产生活和身心健康，必将被社会所淘汰。

人际交往风俗

农村中的人际交往以直接接触为主，所以在一定区域范围内，人际关系具有很强的开放性。居住在一个村里的人几乎没有任何个人隐私，村邻乡亲之间互相了解、互相关心，相处讲信用、重感情。在许多地方至今仍可看到人际亲和、民风古朴、热情好客、互相帮助、讲究礼尚往来的种种风气。一家有事，全村帮忙成为风俗。红白喜事、建房、抗灾等大事往往在村邻乡亲的鼎力相助下顺利完成。比如，某个农民因遭火灾，房子被烧，妻儿患重病又耗尽家产，他打算搬出临时搭的草棚，另盖新瓦房，可是苦于没钱，于是村里十几户人家各出一人来帮他盖房，分文不取。在传统农村中，类似事件可以说屡见不鲜。反过来，如果某家人有杀猪宰羊、娶妻生子等喜事时，必定邀请乡亲来共同分享。这种风俗是农民的伦理观念、地缘感和平均主义观念的综合表现，一方面，可以认为它是一种美德，有利于人际关系和谐，增强人们抵抗天灾人祸的能力；另一方面，它往往又不利于形成商品经济观念和竞争意识，与现代社会格格不入。

嫁娶及生育风俗

在中国农村，婚姻被看作人一生中最重要的大事之一。举办婚礼的习俗绝大多数以隆重操办、大肆铺张、渲染浓厚的喜庆色彩为特点。从相亲、订婚到结婚，有各种名目繁多的程序、仪式、礼节和财物馈赠。为了举办婚礼，许多农民将几年甚至一生的积蓄挥霍殆尽，而丝毫不悔。这种风俗的根源在于传统的父权中心制度和重视家庭的观念，也包含从众、炫耀和攀比的心理因素。

由于中国农村盛行"多子多福"的观念，生育自然也是大喜事，免不了要大肆庆贺一番。中国农村的许多地方都有"报喜酒"、"三朝酒"、"满月酒"、"百岁酒"等风俗，祝贺家族添丁加口。因为新生的人口就是未来的劳动力,这在古代是关系到家庭贫富兴衰的重要因素,也是扩大家族势力的条件之一。现在的农村生育风俗中仍带有浓厚的"多子多福"、"重男轻女"、"传宗接代"等传统价值色彩。生女孩时的做法与生男孩大不相同,生女孩的母亲往往受到冷遇,女婴的生活待遇也往往远不如男婴。可以说,这种愚昧落后的文化造成了许多家庭悲剧。

文化娱乐风俗

农民终年劳碌耕作,大部分时间都消耗在田间地头,因此在农闲时和节庆日,他们就会用各种方式来点缀、美化和丰富生活。由此产生了各种民间文化艺术、体育竞技、服饰、工艺美术,并逐渐形成风俗。这些风俗直接反映了农民的认识水平和审美需要,也反映了农民的生活方式。例如,农村传统戏曲的内容大都不外乎才子佳人、清官明君、忠孝双全之类;剪纸、版画、年画等,则多以农家生活、田园景色和驱邪避恶等为主要题材;而体育活动的大多数项目也都带有来源于生产和日常生活的痕迹,甚至直接用生产工具来进行竞技;而服饰和工艺美术更多是就地取材,带有浓厚的地域特点。居住在不同地区的农民,他们的服饰和流行的工艺美术往往有很大的差别。

由于物质文化生活的单调、枯燥、无聊、贫乏,在农民心理上造成了逆反效应,他们在色彩选择上往往偏好大红大绿等浓艳的色彩,越是贫困地方越是明显;在构图和形状上,他们喜好四平八稳与左右对称,这实际上体现了农民追求政治安定、生活平稳,顺利渡过难关的意识;在表现内容上,多以传说故事和田园景色为主,反映了农民对丰衣足食的渴望。

第九章　商贾的故事
Chapter 9

　　随着劳动工具的不断改良,生产力水平飞速提高,不仅使农产品产量出现了快速增长,而且使劳动者的剩余产品也有了与社会交换的强烈诉求。于是,商业便堂而皇之地在经济界诞生了。遗憾地是,中国的传统文化并没有随着社会进步而更新自己的价值理念,反而以百般挑剔的眼光,对它实施了两千多年的残酷压榨与围剿。

第九章 商贾的故事

商人的来历

中国最早的商人阶层出现在夏代,而"商人"这个称谓据说与建立商朝的商部落有关。商部落原本生活在黄河中下游,是一个历史悠久的游牧民族。商部落的始祖叫"契",王亥是契的第十代孙,也是中国最早的商人。

商部落人自古以饲养和放牧牲畜为生,畜牧业十分发达。王亥做首领时,商部落迅速强大起来,并向四周发展势力。由于畜牧产品有了剩余,王亥于是与周边的部落进行以物易物的贸易活动,其间与易水一带的有易氏发生了冲突,结果王亥被有易氏之君绵臣所杀。王亥之后,商部落人继续进行商业贸易活动,并形成了专门到远方贩运货物的商贾。由于这些从事贸易的人来自商部落,所以被称作"商人",他们的交易活动就是"商业"活动,而最早进行贸易的王亥,就是商人的祖先。商业刚刚诞生时,贸易量很小,而且由于还未出现货币,所以都是以物易物的简单交易。商朝建立后,才出现货币。最早的货币是宝玉和海贝。

官商、儒商和军商

官商、儒商和军商,是商人阶层中比较特殊的群体,他们除了是商人之外,还身兼朝廷官员、饱学之士或者戍边大将的角色。这种多重身份的组合,使得这些特殊的商人在商业活动中采取特殊的经营方式,遵循不同的生财之道,也为传统的商业文化注入了活力。当然,大多数的普通商人并不像官商那样有地位,也不像儒商那样有文化,更不像军商那样有特权,他们是完全依靠自己的财力和体力贩卖货物而谋生计的人。

官商

官商,指的是一边当官,一边经商的人。历史上的官商通常身居朝廷高位,手中握有实权,利用手中的权力为商业活动提供种种便利,由于其身份特殊、地位显赫,自然财源滚滚。清朝的康乾时期,山西籍商人范毓馪、范毓恬曾输送大批军粮,供给西征准噶尔的清军,并且做到不劳官吏,不扰百姓,为国家节约费用数以亿万计,因而他们的举动受到清政府的赞许和嘉奖。范毓馪被授为太仆寺卿,用二品服,范毓恬被赐予布政司参政之职。范家的祖辈也因此被追赠为骠骑将军、资政大夫、夫人、宜人等,而"毓"字辈和"清"字辈的后人中获任现职的不下十七人。因此,范氏这个商人家族实际上已成为一门朱紫、炙手可热的豪贵。

在清代,户部、工部、内务府等各政府部门会在民间招募商人,从事某些货物的长途贩运,或者直接承担国家的经济任务。掌管清代皇室财政的内务府也常常承担一些政府的经济任务,转而委派给内务府的商人采办。此外,还有一些商品,因国家有特殊需要,规定为专卖商品,也招募商人运销,如茶叶、人参、盐铁等。以上这两类商人都属于官商,他们大都是具有数百万、上千万资本的富商,至少也有数十万的资本,因为通常只有资本雄厚的商家才能承担大规模的经济任务。

官商既享受朝廷给予的优惠政策,同时也受到朝廷的严格管理和控制。比如,官商拥有免税特权,可以从国家提供的低息贷款中得到好处,经营专卖商品的官商还具有经营垄断权。朝廷还为官商设立商籍,使官商子弟可以参加科考,为他们创造了升迁和步入仕途的机会。

不过,由于朝廷对官商的管理和限制过于严格,不符合经济规律,比如,朝廷规定运销地点,限定销卖时间,实行价格管制等,阻碍了官商的经营,所以大部分官商先后衰落破产。

儒商

儒商,顾名思义,是"儒"和"商"的结合,可以说是一些学习儒家经典,接受儒家学说和思想,同时从事商业经营活动的人。这种商人,因为文化素养较高,又深受儒家学说的影响,因而与一般商人有很大区别。他们把儒家的一些思想文化带入到商业领域,使商业带有儒的色彩。

读书人流向商人阶层大致有三种原因:一是本为世家子弟,但因各种原因家道中落,无力供养子弟读书,也就断了科举入仕之路。为了维持日常生活,他们不得不弃儒为商。二是本为商人子弟,从小生活富足,读书学儒,准备考取功名,但又因种种原因未能如愿,所以仍旧继承祖业。三是一般的读书人,由于科举成功的希望渺茫,又往往谋生艰难,因而被迫弃儒为商。总的来说,读书人成为商人,根本原因还在经济方面,念书本是求取功名的手段,如果不能成功,念书就不能当饭吃,不如从商。

在传统的中国社会,由于"农本商末"观念的影响,商人的地位比较低,一般很难进入统治阶层,即使再富有,只能宽裕安乐,而不可能成为权贵。有些商人在积攒了一定的财富之后,又由商人阶层向士人阶层流动,兼儒兼商。商人本人虽然很少能实现这样的转变,但他们可以鼓励、鞭策自己的子弟读书,希望他们能在科场上致胜,改变自己的身份,以光耀门庭。

军商

军商包括两类人，一类是专事或有时经营军火生意的商人，另一类是军人从商，亦军亦商。在任何一个国家和社会里，军火都是极其特殊的商品，一般人不得经营；而凡是经营军火生意的，都必须经过朝廷的特许，或者本人是有特权的人。比如众人熟知的明代商人沈万三、清代商人胡雪岩，都是这一类军商的代表人物。

第二类军商，比如明代北部边塞的军人，通过参与和主持边塞地区的米粮收购，从中获取巨额的利润。朝廷费力运到边疆的金银，很大一部分都流入了在当地驻防的高级将领的腰包，成为他们的私财。

中国古代的商界名流

弦高曲线救国

弦高是战国时期郑国的一个行商,经常来往于各国之间,做贩牛的生意。有一年,他正赶着牛去河南洛阳做生意,在半路上碰上了秦国大军,他看出秦军是去偷袭郑国的,就赶紧派人回到郑国给郑王送信,同时想出了对付秦军的办法。

弦高赶着十二头肥牛,自称是郑国的使臣,来到秦军驻地,求见秦军主将孟明视。孟明视接见了他,弦高说:"我们的国君知道您要领兵到郑国来,特地派我送上十二头牛,犒劳全军将士,表示我们的一点心意。"孟明视听了大吃一惊,心想,郑国使臣远路赶来慰劳军队,说明郑国早有准备,我们的偷袭肯定很难成功。于是他就打个哈哈,把牛群收下,送走了弦高。弦高走后,孟明视对手下的人说:"郑国已经知道我们要去,偷袭是不可能了,还是回国吧。"最后,秦军顺路灭掉小国滑国,班师退兵。弦高利用自己的智慧,保卫了国家,为百姓们免除了一次战争灾难,被后世传为佳话。

财神范蠡

范蠡是春秋战国之际杰出的政治家、思想家和谋略家,同时也是一位生财有道的大商家。范蠡是越国人,被越王勾践拜为大夫。当初越国兵败于吴国,范蠡与越王勾践一同来到吴国,屈事吴王夫差。被放回国后,他又辅佐越王富国强兵,终于打败了吴国,洗雪前耻。灭吴之后。范蠡意识到越王与臣下只能同患难,却不能共富贵,于是毅然辞官隐退,带领亲眷随从,驾一叶扁舟来到齐国。

范蠡父子在齐国海边耕种土地,勤奋治产,不久就积累家产数十万。齐国人听说后请他做丞相,他说:"居家则致千金,居官则致卿相,此布衣之极也。久受尊名,不祥。"于是,才三年,他将钱财分给朋友和乡邻,只带上最贵重的物品,悄悄离开齐都,来到陶地。范蠡认为,陶地是交通的枢纽要道,在那里经商可以致富,于是居住下来,自称陶朱公。范蠡父子做生意又积累了数万家财,成为陶地的大富翁,后又分财于百姓。天下人都赞美陶朱公,将他尊为财神。

经营天下的吕不韦

战国时的大商人吕不韦,家财万贯。但他却不满足于贱买贵卖,还想把生意做得更大。有一天,他在赵国的街上遇到入赵为质的秦国王孙异人,见他十分落魄的样子,就灵机一动,认为"此奇货可居也"。回家后,吕不韦向同是生意人的父亲请教:"耕田能获利多少?"父亲答道:"十倍。"他又问:"贩卖珠宝能获利几倍?"答曰:"百倍。"他又问:"若扶立一人为王,掌握山河,又能获利几倍?"父亲笑了:"你哪里去找这样一个人来扶立为王啊?如果真能做到,那至少有千万倍的利润,简直无法计算了。"

于是,吕不韦先以百金买通异人的左右,得以结识异人;又带着千金来到秦国,说服太子及夫人收异人为义子;他还把自己的小妾赵姬赠给异人为妻。不到十年工夫,吕不韦的投资就开始有了回报,异人回国即位,就是秦庄襄王,吕不韦被封为相,食邑十万户,有家僮万人,权倾朝野,富可敌国。他后来还做了庄襄王的儿子秦王嬴政的"仲父"。这个做生意的吕不韦,终于做成了一笔一本万利、空前绝后的大买卖。

红顶商人

胡雪岩是晚清时的著名商人,名光墉,幼名顺官,字雪岩,祖籍安徽宣

Chapter 9 第九章
商贾的故事

城绩溪县湖里村。他幼年家贫,经人推荐到杭州一家钱庄当学徒,得到东主的赏识,升为"跑街"。在这期间,胡雪岩曾资助一个有抱负的落魄书生王有龄。后来,王有龄当了官。正因为有了王有龄的资助,胡雪岩开了自己的阜康钱庄。胡乃自开阜康钱庄,并开始与官场中人往来,成为杭州城中的大商绅。

1861年,太平军攻陷杭州,胡雪岩从上海、宁波购运军火和粮米接济清军。当时的浙江巡抚左宗棠委任胡雪岩为总管,主持全省的钱粮、军饷,阜康钱庄由此获利颇丰。在之后的洋务运动中,胡雪岩协助左宗棠开办企业,主持上海采运局,兼管福建船政局,经手购买外商机器、军火,邀聘外国技术人员,从中获得大量回扣利润。他还操纵江浙商业,专营丝、茶出口,垄断金融。至1872年,阜康钱庄已有分号二十多处,遍布大江南北,资金两千余万两,田地万亩。由于辅助左宗棠有功,胡雪岩曾授江西候补道,赐穿黄马褂,成了一个典型的官商。

1874年,胡雪岩筹建药店"胡庆余堂雪记国药号",于杭州城外建成胶厂,并以重金聘请浙江名医,收集古方,总结经验,选配出丸、散、膏、丹及胶、露、油、酒的验方四百余个,精制成便于携带和服用的成药。当时由于战争频仍,疫病流行,胡庆余堂的"胡氏辟瘟丹"、"诸葛行军散"、"八宝红灵丹"等药备受欢迎。其间,胡雪岩还亲笔手书"戒欺"字匾,告诫职工"药业关系性命,尤为万不可欺","采办务真,修制务精"。胡庆余堂所用药材,直接从产地选购,成为国内规模较大的全面配制中成药的国药号,享誉中外。

1882年,胡雪岩在上海开办丝厂,高价收购国内新丝数百万担,企图垄断丝业贸易,惹怒了外商,遭到他们的联合抵制。由于当时的海关和海运都操纵在外国列强手中,胡雪岩的新丝不能直接外运,被迫于次年夏贱卖处理,亏耗白银一千万两,造成资金周转不灵。此时风声四起,各地官僚竞相从阜康钱庄提取存款,不久,胡氏旗下的各地商号纷纷倒闭,家产变卖,胡庆余堂宣告破产。接着,清廷下令革职查抄,严追治罪,胡雪岩于1885年忧郁而终。

明清商人的帮会组织

古时候商人的帮会组织称为商帮,最早出现在唐宋时期。到了明清两朝,商帮组织得到发展壮大。商帮按地域的划分有本帮和客帮之分,本地商人组织为本帮,外地商人组织为客帮,往往以乡土关系为纽带。按商业行业不同,又有不同的行帮。明清时期,行帮组织多设有会馆、公所、堂等机构,作为商人们相互联系、聚会、议事的场所。

明清时期,随着商品生产的扩大,商品数量增多,商业资本也非常活跃,经商的人数也大为增长,并且出现了不少地域性的商业集团,也就是地域性的商帮。宋应星在《天工开物》中曾形容道:"滇南车马,纵贯辽阳,岭徼宦商,衡游蓟北。"

学界认为,中国明清时期有十大商帮:以山西晋中为中心的晋商;以歙县、婺源等徽州六县为中心的徽商,山东临清、济宁、聊城、烟台一带的鲁商,以宁波为中心的浙商,以龙游县为中心的龙游商,苏州西南吴县境内太湖中东、西洞庭山的洞庭商,江西由人口流动形成的江右商,以福建沿海为中心的闽商,以广州、佛山一带为中心的粤商,与晋商同时兴起的陕商。其中,以晋商和徽商在历史上的规模和影响最大。

晋商

晋商即山西商人,是明清时期崛起的一大商业集团,雄踞国内商界达五百年之久。与其他商帮相比,晋商具有自己独有的特点。

第一,勤俭刻苦,守信不欺。山西境内多山地,自然条件较差,这种环境陶冶了山西商人不畏艰苦、勤俭克己的精神。而守信不欺是山西商人的成功之道一。他们认为经商虽然以营利为目的,但凡事应该以道德信义为先,所以把守信作为经商的准则传授给子弟。

第二,尊奉关公。晋帮商人非常团结,把尊奉关公作为共同信仰。所有山西会馆以及商人家中,都供有关公像,有些地方还建有关公庙,定期举行祭祀活动。

第三,"合伙经营"。这是晋帮商人比较普遍的经营方式。他们通常自己出资,把经营业务委托给伙计去办,而伙计也以认真负责的态度履行职责。伙计即使不出资,但作为企业的经营者,同样享受分红的权利。

第四,投资土地田产,商人、地主、官僚三位一体。不少山西商人致富以后会大量购置土地,成为商人兼地主。明代后期,官商合一的趋势日益强化。官员依靠商人的财力向上钻营,商人也依赖官僚的权势获取暴利,二者狼狈为奸,这样就使商人、地主、官僚三者合而为一。

第五,创办票号。清代道光年间,随着商品货币经济的发展,晋帮的商业资本开始与金融资本相结合,出现了影响巨大的票号。票号又称票庄或汇兑庄,专门经营汇兑业务。到20世纪初,山西票号发展到三十三家,分号达四百余处,在全国各大城市、商埠都有分号,全国的汇兑业务已经基本上被山西票号垄断。

第六,经营项目多,活动范围广。山西商帮主要经营盐、丝、粮食、铁器、棉布等军需用品,活动范围起初以黄河流域的北方地区为主,后来扩展到珠江流域,号称"足迹遍天下"。

徽商

徽商,指的是明清时期徽州府籍的商帮集团。一般认为徽州商帮形成于明朝成化、弘治年间。明嘉靖以后,直到清朝的乾隆、嘉庆时期,徽州商帮达到极盛,在商界称雄东南半壁江山长达三百年之久。徽商的特点有:

第一,活动范围广。在明朝嘉靖、万历年间,民间就流传着"钻天洞庭遍地徽"的谚语。当时的徽商足迹几乎遍布全国。不仅南京、北京和各省的省会及大小城镇有徽商的身影,就是穷乡僻壤、深山老林、沙漠海岛等人迹罕至的地方,也不乏徽商的活动,所以又有"无徽不成镇"之说。此外,还有许多商人远渡重洋,从事海外贸易。

第二,经营行业多。徽商经营的特点是什么赚钱就经营什么。随着工农业产品的逐渐商品化,徽商主要经营盐、粮、布、茶、木等商品,此外,还兼营典当业和皖南的文房四宝等。

第三,资本雄厚。明朝时曾有人说,新安大贾中有人拥有资金达百万两,中等商人也有二三十万两。乾隆时,在扬州经营盐业的徽商汪廷璋就是"富至千万"的大商人。

第四,投资产业。徽商把商业资本投向生产领域,代表着商品资本的新动向。清朝时,徽商不仅投资色布的生产,在木材采伐、冶铁、染色等生产领域也有参与。

第五,与封建宗族势力紧密结合。徽商借助宗族势力,建立商业垄断,并利用宗族势力与各地经商的族人互通有无,从而赢得商业竞争,所以徽商特别重视修缮宗庙,把宗庙作为在各地经商的联络点。徽商还借助宗法制度,控制手下的伙计,并在各地建立徽州会馆,扶植本帮势力。

古代商人的忌讳

商业以营利为目的,生意人的一切行为旨在一个"财"字。只要一开市,就希望在钱财上有个好兆头。因此,凡是与求财相违的言语、行为都是禁忌。

例如,对商人来说,店铺的招幌、标记,就是"招财进宝"的象征,是极为神圣的。每天开市挂幌子,必须说"请幌子",而忌讳说"挂",生怕它挂不牢而坠地。如果有小伙计不慎将店幌失手掉在地上,那就是得罪了财神,会被立即解雇。商店中的度量用具,如升、斗、大秤、戥子,以及账桌上用的算盘,都不能随意玩弄。尤其忌讳反放算盘,理由是经商只能往里算计,不能往外算计。

旧时店铺还十分忌讳伙计在账桌、货柜、钱柜上坐卧,因为这样会压了柜上的财神。甚至连睡在待客的条凳上也属禁忌,因为这会压了顾客,明天登门的顾客必会减少。此外,扫地时最忌往店外洒扫。尤其是在旧历年中,不准扫地,不准往外倒脏水、垃圾,因为这等于"倒财"。不得坐在店门或柜房的门槛上,怕拦堵了财神;忌讳冲着店门方向和当日财神的方位小便;不能在店门前做出打哈欠、伸懒腰等懈怠的动作,因为会冲撞了财神,使店铺财源不振。

店铺新张或者重张开业的第一天,或者年后正月初六开市,甚至每天早上开市,非常忌讳第一位进门的顾客是女人,理由是女人会冲了财运。旧时店铺往往以第一个进门的人来占卜一天生意的好坏,店铺如果刚一开门就来个进京赶考的举子,便被认为是大吉大利,店家往往会不收钱白送商品。反之,如果刚刚开店门的第一位顾客是妇女,尤其是孀妇、毛女(小女孩),便被认为是晦气。人走后,店家必点燃草纸熏烧一番,熏罢扔在店外,以求破解。

商人的经营之道

1. 和气生财

经商之人要对顾客谦恭和气,服务周到,才能赢得主顾,生意兴隆,这是千百年来商人经商的经验之谈。

2. 有买必谢

货物买卖无论成交与否,商人都要和颜悦色地对待顾客。

一旦成交,不论买卖数额多少,顾客临走时,卖方都要向顾客表示感谢。

即使是小到数十钱的交易,也要照谢不误,不能有丝毫懈怠。

正如《清稗类钞》中说的"无论买卖者出钱购物之多寡,皆为我获利之源,衣食之本,故虽一钱之贸易,亦不可不谢也"。

3. 童叟无欺

商人买卖时要价钱划一,买卖公平,无论贤愚老幼,均一视同仁,决不欺骗或欺负。

4. 讲究吉数

商人讲究吉数,这个习俗流行于全国各地。

旧时,商人认为数字有吉凶之分,而对吉数的偏爱,多出自希望平安、顺利、发财的心理。

过去经商出门远行,多选带"八"的日子,顺应"要得发,不离八"的吉言。此外双数和"六"也被视为吉祥数字。

Chapter 9 第九章
商贾的故事

俗语云"好事成双"、"六六大顺"。

而在四川西部的农贸集市上,议牛、羊、猪、狗价格时,忌说齐头数,也就是整十、整百的整数,认为整数有尽头之意,不吉利,买回去的牲口也难养。而"四"在我国东北地区均被视为凶数,因为发音与"死"相近。

旧社会的中小店铺

茶馆

清代时,人们多好品茗,闲暇时最讲究"泡"茶馆,逐渐形成一种社会风气。全国南北各地都有茶馆。如南京夫子庙的"六朝民"、苏州台巷的"吴苑",都是存在了近百年以上的茶馆,名闻大江南北,代表着一个地方的风土、文化。北京的茶馆也是如此。

当时北京的茶馆分为两种。一种是江南茶馆,屋梁下悬有红铜的"搬壶",贮有沸水,随时可以取用。这种茶馆以卖清茶为主,同时设有烤制糕点用的"红炉",带卖红炉点心。还有一类茶馆具有茶、点、饭合一的性质,不过所卖的食物固定在薄脆、盐水焖炉儿、蜂糕、肉馒头、烂肉面等品种,经济实惠,符合普通市民的消费水平。这种茶馆茶叶钱与水钱是分着算的,所以有人自备茶叶,仅出水资。

不同档次的茶馆有不同行业的人聚会。档次高些的茶馆,上午卖茶座,下午和晚上有艺人说书,开书后就不再卖茶,称"书茶馆"。有的茶馆为招揽生意,下午常请京剧、八角鼓、十不闲票友在茶馆清唱聚会;还有的举办赛鸟儿、斗蛐蛐儿,或者摆围棋、象棋的"擂台"等。

当铺

典当,是以一定的财产为担保,向有关金融机构进行借贷的商业活动,而当铺就是经营典当业务的店铺的通称。我国的当铺最早出现在唐代。清朝光绪年间,全国的当铺有七千多家,他们持有官发的"当帖",每年按期纳税。那时的当铺带有半官半民的性质,铺中的伙计个个神气十足,不像其他行业的伙计那样满面和气。

在典当行,准备拿去典当的东西叫做"当头",而当头和借款的凭证就是当票。当票是用专用的皮纸制成,上面印着模糊的蓝色字迹。当铺都用一种专门的草字填写当票,一般人很难辨认。凡是初入当铺的学徒,首先要练习写好这种怪字。对所当的物品,当铺伙计往往故意降低原物的成色,如新衣必写"油旧破孔"或"油旧破补";皮衣必写为"光板无毛"、"缺襟短袖";呢绒衣服必写为"呢布大袄";无论金银手表,必写为"铜马表";玉器必写为"假石",硬木梨檀必写为"柴木"。这都是为了压低典当物的价值。当铺中对内部人的称呼,也与其他行业不同。经理人不称铺长,而称"当家的";在当家的以下的,称为"头柜"、"二柜"、"包袱褡"、"管库的"等。当铺内收当用银两计算,而且有所谓"拐零抹底"之说。原物能当一元的,只定五六钱,以至六钱五。当时每一两银子折合铜元五百枚,赎时则需合五百二十枚。押当者因急于用款,往往顾不得计较,只得任其宰割。还有更贪心的在折算铜元时,当进时为九八折,赎出时则要收满钱,每月利息三分,连朝当夕赎也要扣息一月,当月过了五天,则加息一个月;二十四个月为一满,到时候还不能赎出,东西就会被当铺变卖。

典当行业的营业时间以秋冬两季为最佳,有"春添本,秋回利"之说。这是因为春夏两季当皮棉衣服的人多,当本就高;秋冬时多典当单衣、夹衣,当本就少。老北京俗谚有"皮顶棉,倒找钱;棉顶夹,倒找嘎;夹顶单,倒拐弯;单顶棉,须加钱;棉顶皮,干着急",这是当铺常年经营的口诀。

估衣铺

估衣,指的是七八成新的旧衣服。清末民初时,北京有估衣行,天桥一带有估衣铺,各庙会有估衣摊。估衣的成色通常很杂,上至绫罗绸缎,下至粗细棉布,而且新旧程度也很难辨认,这样一来就方便卖估衣的从中渔利。

估衣行的经营方式很特殊,通常以吆喝做宣传。伙计们每天把所有的货物一件一件地折腾一遍,每拿起一件,都要吆喝出价码来:"里面三新的大夹袄,就五吊八!"于是招来无数围观的行人,有时交通都为之堵塞。

当时的老北京人差不多都知道他们的买卖是漫天要价,所以没什么人会光顾。他们的销货对象主要是四乡八镇的乡下人,因为那时乡下人都穿不起新衣,能买件八成新的估衣穿上就不错了。

澡堂子

旧时的北京人闲来无事,有"两泡"的习惯,一泡澡堂子,二泡茶馆。对当时的人来说,泡澡堂子,可以说是一种消闲的享受。在那里不但可以洗澡、搓身、理发、修脚、捏脚,还可以几个人包一个单间雅座,沏一壶茶,买些干鲜果品,躺在床上边吃边喝,海阔天空地神聊一气。到了开饭时,还可以叫伙计到饭馆去叫饭,这样可以在澡堂子里泡上一天。

当时的澡堂遍布全城,它们的经营方式大致相同。冬天,入口处搭有临时的"避风居",进门之后有柜台,台前站有身穿白裤褂的伙计喊堂让座,把顾客引至休息厅的床位前。休息厅分为普通座和雅座两处,均设有两床一隔扇,两床之间放有茶几。顾客脱衣后,伙计马上将长衣外套等用竹竿高高挑起,挂在座位的上梁,然后询问顾客是否需要沏茶,要用何种茶叶,是否需要搓澡、修脚、理发等。顾客嘱咐一声,伙计就会代为办理,顾客就可以进堂洗澡了。

澡堂子里的池堂分为温、暖、热三种,顾客通常先泡温、暖二池,叫做"泡头水儿"。头水儿泡过,顾客会外出凉快凉快。伙计马上过来给披上大毛巾,再捧上热手巾把儿。顾客回到休息厅的铺位上,茶水早已沏好。稍微休息后,再进堂正式洗二水澡,便可以让搓澡的师傅搓背了。搓完冲净后,再到热池子里"烫澡",以解身上的刺痒。

第十章　优伶的故事

Chapter 10

　　优伶,现在多称伶人,古代演员的总称。所指的是具有身段本事突出的演艺人员。用于指称以音乐、舞蹈、歌唱、调笑嘲弄、百戏杂技和戏曲表演等为职业的人。优伶为"优"和"伶"的合称。以"优"作为职业名称至迟在春秋时期就已确定,《国语·晋语》云:"公(献公)之优曰施,通于骊姬。""优"古训为调笑、戏谑之行为。

Chapter10 第十章
优伶的故事

优伶戏子的演变

在上古的原始社会,我们的祖先在生活和劳动中,常常以歌唱和舞蹈来表达情感,并以此作为娱乐和休息。

他们也用歌舞的形式表达了对世界的感知和理解。到了原始社会后期,随着生产力的发展和社会分工的出现,诞生了最早的专事鬼神的神职人员,负责部落的祭祀、占卜、祝祷、驱疫等活动,这些人被称为"巫觋",而巫觋事神的一个重要手段便是"歌舞"。因此,人们认为"巫"就是后世优伶艺人的远祖。

据说历史上著名的昏君夏桀十分喜欢观看歌舞,蓄有"女乐三万人",所谓"女乐",就是以歌舞为业的女艺人。这种以歌舞作乐的现象在当时非常普遍。

歌舞是最早风行的一种优伶技艺。

汉朝是中国古代封建社会的初期,经济、文化繁荣鼎盛,表演艺术也随之蓬勃兴盛。人们常常以"百戏杂陈"来概括汉代表演艺术世界的热闹景象。

所谓"百戏"含义相当宽泛,所有诉诸人的感官,能够引起人们审美快感的伎艺都包括在内,有音乐、歌唱、舞蹈、武术、杂技、幻术、滑稽表演等。表演"百戏"的艺人,汉代一般称之为"散乐"。

优伶艺术在汉代已不再仅仅是君主和贵族阶层的专利品,他们的歌喉舞姿和高超技艺已经开始面向广大民众。

由此,优伶艺术变得更加丰富多彩,富有生机,而宫廷乐舞在民间百戏的对比之下则显得过于严肃、滞重甚至是沉闷了。于是,大批民间艺人被征入宫中,一些贵族也开始在家中蓄养精于百戏的优伶,以供娱乐。优伶表演的内容也突破纯歌舞的性质,融入了较强的故事性。

汉代还在政府中设立了"乐府"机构，专事收集民间乐曲，编写歌词，从事演出等，而第一个主持乐府的官员正是出身优伶的李延年。由于汉代的宫廷贵族对优伶和百戏日趋痴迷，为了供宫廷、贵族所需，许多人开始专门学习歌舞，民间出现了优伶的专职从业人员，说明优伶及其艺术在当时已带有某种商业营利的性质。

唐玄宗与梨园

梨园,原是唐代都城长安的一个地名,因唐玄宗李隆基在此地教演艺人,后来就与戏曲艺术联系在一起,成为艺术组织和艺人的代名词。

唐中宗时,梨园是供帝后、皇戚、贵臣宴饮游乐的场所,只不过是皇家禁苑中与枣园、桑园、桃园、樱桃园并存的一个果木园。园中设有离宫别殿、酒亭球场等。

后来经唐玄宗李隆基的大力倡导,梨园的性质起了变化,由一个单纯的果木园圃,逐渐成为专供优伶艺人演习歌舞戏曲的场所,成为我国历史上第一所音乐、舞蹈、戏曲的综合性"艺术学院"。梨园子弟分为坐部、立部、小部和男部、女部。坐部一般是优秀演员,乐工坐在堂上演奏,舞者有三至十二人,舞姿文雅,用丝竹细乐伴奏;立部是一般演员,乐工立在堂下演奏,舞者六十人至八十人不等,舞姿雄壮威武,伴奏的乐器有鼓和锣等,音量宏大;小部为儿童演出队。此外,还设有舞部,又分为文舞和健舞。像这样编制庞大、男女兼有的皇家艺术机构,出现在一千多年前,不能不说是世界罕见的。

李隆基自己担任了梨园的崔公(或称崖公),崔公以下有编辑和乐营将(又称魁伶)两套人马。李隆基亲自为"梨园子弟"创作过歌舞作品,还经常命当时的翰林学士或有名文人创作诗歌以供伶人演习,如诗人贺知章、李白等都曾为梨园编写过节目。唐玄宗"开元盛世"期间,封建经济和文化的发展达到了前所未有的高度,不仅造就了一批中外闻名的文学家和诗人,在舞蹈和音乐等艺术领域也取得了杰出的成就。

唐代还出现了管理官方优伶的机构,名为"教坊"。"教坊"分为内教坊和外教坊。开元二年(714年)以后,唐代的内外教坊已有多处,内教坊在宫廷,四处外教坊两个在长安,两个在洛阳,均由宫廷直接管辖,由朝廷委派教坊使管理。教坊与梨园性质相近,但所从事的表演门类要比梨园宽泛得多,除了音乐之外,更以当时流行的各民族歌舞戏为主体。教坊中的艺人有男有女,而以女性居多。

教坊是中国古代延续最久的官方优伶机构,一直到后来的元、明、清等朝也沿用唐代旧制,设置教坊或教坊司。

Chapter10 第十章
优伶的故事

科班——旧社会的戏曲学校

科班,又称伶工习艺所,是旧时培训戏曲艺人的民间教育机构,相当于后来的戏曲学校,科班大都是由艺术造诣较高、享有一定社会声望的伶人自动发起创办的。幼童进科班学艺的期限一般为七到十年。清代四大徽班进京后,随着京剧的形成与发展,北京地区的京剧科班如雨后春笋般涌现出来,成立最早的有庆升平、庆和成等。1904年,由富商牛子厚出资,艺人叶春善等人在北京创办了"富连成社"。这是我国近代历史最悠久、培养人才最多的一个科班,著名的前辈演员谭富英、周信芳、马连良、裘盛戎等人勤学苦练的少年时代都是在那里度过的。

当时幼童进科班学艺,须由家长写下契约,要有中保人签名画押。契约的面上写着"关书大发"四个字,格式为:

"立关书人×××,今将小儿×××,几岁,志愿投入××师名下为徒,习梨园生计,言明七年为满。凡于限期内所得银钱俱归×××师享用。不得无故中途回家,亦不准中途退学。否则有中保人承管。倘有天灾病疾,各由天命。如遇私逃等情须由两家寻找。年满谢师,但凭天良。空口无凭,立字为证。立关书人×××画押。中保人×××画押。×年×月×日吉立。"

学生进入科班学习,称为"作科"。作科期间,班主和教师根据学生们的形貌、嗓音等条件,分别确定安排他们学习的门类,或学生行、旦行,或净,或末,或丑,或文,或武,学习的科目有喊嗓、吊嗓、翻跌、武打、歌唱、拉身段或集中排练一个剧目。学生的时间、精力都集中在训练戏曲技艺上,没有专门学习文化的科目。在科班里,班主和教师对学生的管束非常严格。学童练功时稍有疏忽或品行举止上稍不检点,就会遭到责罚和打骂。学生必须严格遵守班训班规,不得违犯。如富连成班的班训为"自古人生于世，须有一技之能，我辈既务斯业，便当专心用功。以后名扬四海，根据全在年轻"。这个科班还制订了"门人务必遵行"的"四要"和"四戒"条例。四要，一要养身体，二要遵教训，三要学技艺，四要保名誉；四戒，一戒抛弃光阴，二戒贪图小利，三戒烟酒赌博，四戒乱交朋友。在这些守则中，特别强调遵从师父和父母的教训，强调"师父领进门，修行在个人"，提倡刻苦钻研、精益求精的学艺精神。

学生毕业，叫"出科"。出科时，学生要焚香谢师，将入科时所立的"关书"领回。如若照旧在该班演唱，老板即按其技艺水平的高下，为他"开戏份"，规定拆账的比例数，少者铜元数十枚，多者两百余枚。倘不愿留在本社的，则准许其自由投奔别的戏班或独立谋生。

一般学童在科班里学过十几出戏后，就会登台演出，因此在科班里的后几年大都是边演边学。由于从小受到严格的训练，基本功扎实，而且演出经验丰富，所以学生出科之后，都能很快独当一面，成为戏班的台柱。

Chapter10 第十章
优伶的故事

古代优伶艺人的地位

优伶艺人这个职业自从诞生以来,一直处于受人奴役、供人观赏、任人欺凌的地位,朝廷法律、官府政令、社会舆论乃至乡约族规,都对伶人加以限制和诋毁。人们在观赏伶人们精彩表演、享受愉悦的同时,却对伶人投以鄙视的目光。直到解放前,"戏子"在多数民众的心目中都是一个并不光彩的角色。古代伶人们就在传统社会文化的层层重压下辗转求存,一边以自己精湛的技艺给别人带来欢乐,一边却在无人的角落暗自吞下苦涩的泪水。

法律舆论的歧视

中国历代的法律对于优伶无一例外地设定了重重限制,其规定不仅细密,甚至极其严苛,这一特点在元、明、清三代更是登峰造极。明初法律不仅限制优伶演出,民众自娱也要受到法律的严厉制裁。如明太祖禁止歌舞,曾在街中设一高楼,令军卒在楼上观望,闻有吹管作乐者,即抓来倒悬于楼上。清代对于优伶演出的限制也非常严格,尤其对夜戏更是屡屡禁绝。

科举考试在古代往往是下层民众摆脱现状、向上流动的重要途径,可是这条青云之路却从来不对伶人开放。伶人不得参加科考,这是元明清三代的通例,甚至连社学也不得进入。根据律令,优伶还必须身穿特定颜色和样式的衣服,以表明自己卑贱的身份。清代曾严禁女伶人入城,认为她们"名虽戏女,乃与妓女相同……如违,进城被获者,照妓女进城例处分"。

法律严令于上,社会舆论则煽扬于下。宋代理学家朱熹的学生陈淳

曾上书朝廷,历举优伶八大罪状:

"一、无故剥夺民膏为妄费;二、荒民本业事游观;三、鼓簧人家子弟玩物,丧恭谨之志;四、诱惑深闺妇人出外,动邪僻之思;五、贪夫萌抢夺之奸;六、后生逞斗殴之忿;七、旷夫怨女邂逅为淫奔之丑;八、州县二庭纷纷起狱讼之繁,甚至有假托报私仇,击杀人无所惮者。"

他竟然将当时社会上的一切问题都归罪于优伶,还天真地认为,如果禁绝了伶人戏子,民风就可以淳厚,民众就会安定。可悲的是,这种明显悖于常理的逻辑在中国古代极为普遍。明代高攀龙在《家训》中说:优伶所知的是势利,所谈的是声色,所追求的是酒食。因而与优伶相交的危害极为深重,一是妨碍士人读书;二是销蚀高尚之襟怀,使人趋于粗俗;三是在潜移默化中引人为恶。

法律和社会舆论构成了一张无孔不入的大网,渗透到社会的每一个角落,牢牢禁锢着优伶的生活,无情的摧残着他们的人格和尊严。

权贵的泄欲工具

"娼妓"这个词,是由原本专指艺人的"倡伎"二字演变而来。在古人眼里,优与娼并无二致,优伶不仅是人们精神享乐的工具,也是人们肉欲追逐的对象。

古代女伶人的婚姻选择一般只有两条途径:一是嫁给同为优伶的乐人,在风尘中艰难度日;二是被贵客豪门纳为侧室。而历代的正史、野史记载,那些充当妾室的女伶人大都没有善终。女伶人不仅要以技艺娱人,还要以色相取悦于人,那些宫廷、家乐中的女伶更是主人的掌上玩物。生活在古代社会的女艺人,地位是最为低下的。清代戏曲家李渔曾说:"天下最贱的人,是娼优隶卒四种,做女旦的,为娼不足,又且为优,是以一身兼二贱了。"女伶人在古代遭受着双重的歧视和迫害,这种迫害和歧视给她们带来了沉重的情感压抑,她们往往把这种压抑的情感融入艺术创造之中,借艺术来宣泄内心的幽怨。

不仅女伶人沦为权贵富人肉欲的牺牲品,连男性优伶也难逃厄运。在中国古代,历朝历代都有狎伶之风,而此风到清代达到最盛。尤其是清中叶以后,更从少数人的恶癖发展为一时风气。那些被亵玩的优伶都是年轻的男旦,他们在舞台上饰演年轻女子,由于大都相貌俊美、身段优雅,在舞台之外也成了人们追逐玩弄的对象。这些人被当时人称为"相公",据说是"像姑"的谐音。

狎伶是一种恶习,狎伶者根本不把伶人当人看待,但在社会舆论中,倍遭谴责和歧视的却是伶人。"相公"被视为狐媚,他们的"私寓"被看做藏污纳垢之地。在晚清小说《品花宝鉴》中,红相公琴官曾哀怨悲愤地说:"自小生在苦人家,又作了唱戏的,受尽了羞辱。我正不知天要叫我怎样,要我的命就快一点儿,又何必这样糟蹋人哩!"可见在当时的社会环境中,旦角男伶付出了何等沉重的代价。他们在台前锦衣华服,涂脂抹粉,眉目顾盼,千娇百媚,靠装扮女人来取悦观众,谁知在这副脂粉面具的背后积聚了多少辛酸和泪水。

自贱与自傲

面对残酷的社会现实,古代的伶人们无力反抗,于是形成了一种认伶业为贱行,视入乐籍为进苦海,充当伶人为身陷污泥的普遍心态。面对优伶行业之外的社会,伶人们胆怯而气馁,无法以对等的态度和身份与世人相处,甚至于对这种对等的关系想都不敢想,反而对那种不平等的关系倒是习以为常。

清人吴敬梓的讽刺小说《儒林外史》中,塑造了一位饱受封建文化荼毒的老艺人鲍文卿的形象,正反映了古代优伶自轻自贱的扭曲心灵。一次,他看到一位艺人头戴高冠,身穿宝蓝直裰,脚蹬粉底皂靴,就连忙斥责他说:"兄弟,像这衣服、靴子,不是我们行事的人可以穿得的,你穿这样衣裳,叫那读书的人穿什么?"鲍文卿曾救过知县一命,但他在县官面前不敢施礼,不敢同席饮酒,声称:"小的何等人,敢与老爷施礼?这个关系朝廷体统,小的断然不敢!"

与自贱截然相反的"孤傲",是优伶在现实压抑中所生成的另一种心态。自贱的伶人选择无奈地听从命运的摆布,孤傲的伶人则力图抵抗现实的凌辱,保持心灵的纯净高尚。如果说,自贱体现了优伶的懦弱和卑怯,那么孤傲则显现了优伶的奇狷和自好。清代著名的评书艺人叶英,平生最厌恶攀结权贵,他的评书技艺名闻天下,但豪门权贵却很难一见。传说,有权贵慕名招请叶英时,常会招致他的当面诟骂。他只把自己的艺术献给和他意气相投的人。叶英有一位好友,是位和尚,法名石庄。石庄善吹箫,叶英常与他切磋艺术。有一次,石庄刚吹罢洞箫,几位盐商便寻声而来,叶英当即拂袖而去。后来,石庄死了,叶英非常悲伤,来到石庄的棺前,竭尽生平所学为石庄表演,四周的人都感动得流下泪来。

古代的江湖艺人

在江湖上四处漂流,以卖艺为生的人叫江湖艺人。江湖艺人按所操艺业的不同,分为文艺人和武艺人。武艺人做武生意,比如拉洋片、变戏法、耍猴、打把式之类;文艺人做文生意,比如说书、说相声口技、唱大鼓、竹板等。与正式的艺人不同,江湖艺人不一定有固定的卖艺地点,大多数人必须四处奔波,在经济繁荣、人多热闹的都市、商埠、码头等地安营扎寨,显身卖艺,以招徕更多的顾客。

说书艺人

说书艺人在江湖上叫做"团柴的",又叫"使短家伙的"(指他们说书时使用的是竹板、醒木、扇子、手巾)。说评书时一般预备一桌一凳,一块醒木,一把扇子,一块手巾。艺人往凳子上一坐,掏出手巾放在桌上,把扇子放下,然后拿出醒木。开书之前,说书人总要先说几句引场词。

说书艺人必须善使"扣子",也就是"悬念"。有了悬念,书就容易说得绘声绘色,引人入胜,才能抓住听众,让他们乐于掏钱。扣子有小扣子、碎扣子、连环扣子、大扣子、最大的扣子几种。

鼓书艺人

以唱大鼓为生的人就是鼓书艺人,别号"柳海轰","使长家伙的"(指长长的弦子)。过去,唱大鼓的有两大门,一是黄河以北的梅、清、胡、赵门,唱西河调与怯口大鼓;一是黄河以南及大江南北的孙、财、杨、张门,唱犁铧调与山东大鼓。鼓书艺人要做到模样好看,口齿清楚,嗓音清亮动听,表情丰富,会看地势,会使扣子。他们表演时,必须开门见山,简单明白,使普通下层百姓也能一听就懂,否则就挣不着钱。

相声艺人

江湖上称说相声的叫"团春",又叫"臭春"。一个人说的相声叫"单春",两个人对逗叫"双春",用幔帐围着说相声让人隔着幔帐听叫"暗春"。说相声起源于北京。相声艺人必须学会说、学、逗、唱四种功夫——说得滑稽诙谐、绘声绘色,学得惟妙惟肖,逗得有趣,唱得地道,才能让听众捧腹大笑,流连忘返,乐意给钱。清代,北京有种民间艺人,不用乐器、道具,只凭一人巧弄喉舌,学世间各种声响以为娱乐,被称为"象声"。民国以后,相声兴起,"象声"即被融汇进去,成为说、学、逗、唱中的"学",称为口技。

打把式的

过去在庙会集市、车站公园等地经常能看到在露天"把式场"练武挣钱的,江湖上称之为"挂子行",老百姓称之为"打把式卖艺的"。这里的"把式"是指武术、气功、摔跤一类的功夫。干这一行的,久占一地演出的不多,绝大部分都是跑码头、走江湖的流动艺人,而且单人的很少,常常是师徒、兄弟或父子、父女几人。其中为首者一般都拜师学过武艺,有一定的功夫。但只凭这是挣不到钱的,还必须熟知干这一行的规矩和技巧,才能在江湖上有立足之地。

俗话说:"光练不说是傻把式,光说不练是假把式,会说会练才是好把式。"打把式卖艺的人能否多挣钱,"说"是一个十分重要的环节。等场地的人围得差不多了,为首的卖艺者对观众作一个罗圈揖,便开始练"嘴把式"。

首先是自报家门,随后便说"今日来到贵宝地,承老少爷们抬举。我们是初学乍练,有经师不到、学艺不精的地方诸位多包涵"之类的客套话。接下去是"假如各位看我们练得还像那么回事,请您高抬贵手,赏我们个

Chapter10 第十章
优伶的故事

吃饭钱、住店钱"等。这时候,为了防止有人转身就走,会说:"哪位出门一时忘了带钱,白瞧白看我们也不生气。只求您脚下留德,站脚助威,我们也感恩不尽。只是有一样,千万别在我们练完了拔脚就往外挤。您不给钱不要紧,把想给钱的也挤出去了。"这在江湖上叫"使拴马桩",意在多留观众多挣钱。接下来才是真的"把式"。干这一行的起码要会几套能满足"外行看热闹"的技艺,而且要越往后越精彩。

中国古代的"演艺圈明星"

优孟

优孟原先是战国时楚国的歌舞艺人，他身高八尺，相貌英俊，富有辩才，常常用谈笑的方式对楚王进行婉转的规劝。

相传楚庄王有一匹最喜爱的马，庄王给它穿上华美的衣服，把它安置在雕梁画栋的房子里，用设有帷帐的大床给它睡觉，还用蜜枣干喂养它。后来，马因得肥胖病死了。楚庄王想依照安葬大夫的礼仪来安葬它。大臣们劝止他，楚庄王就下令说："有谁再敢劝我，我就杀死他。"

优孟听到这件事，就走进殿门仰天大哭。庄王问他哭的原因，优孟说："大王那么珍爱宝马，却只按大夫的礼仪安葬它，这太微薄了，还是请用安葬君主的礼仪安葬它吧。"庄王问："为什么？"优孟说："我请求用雕刻花纹的美玉做内棺，用有花纹的梓木做外椁，用各色上等木材做护棺的题凑，还要让军士们给它挖墓穴，年迈体弱的人也要背土筑坟；出殡的时候，齐国、赵国的代表在前头陪祭，韩国、魏国的代表在后面守卫。还要为马盖一座庙宇，用牛羊猪祭祀，拨个万户的大县供奉。各国听到这件事，都知道大王轻人而重马了。"

庄王总算意识到了自己的过失，问优孟该怎么办，优孟这才说："让我用对待六畜的办法来安葬它吧。筑个土灶做外椁，用口铜鬲当棺材，用姜枣来调味，用木兰来解腥，用稻米做祭品，用火光做衣裳，把它安葬在人们的胃肠里。"于是，庄王就下令把死马交给主管宫中膳食的太官。

Chapter10 第十章
优伶的故事

赵飞燕

赵飞燕原名宜生,是汉代著名的舞蹈家。由于她舞姿轻盈如燕,人们反而忘了她的真名,而称呼她"飞燕"。

赵飞燕原是阿阳公主家里的一名侍女。她聪明伶俐,而且有着非凡的舞蹈天分。每当有客人来探望阿阳公主时,公主都让赵飞燕给客人表演一番,她的表演总是受到众人的赞许。慢慢地,她的名气越来越大,久而久之,就传到汉成帝的耳朵里。于是,赵飞燕就被皇帝接进宫中,封为"婕妤",成为汉成帝的宠妃。

相传赵飞燕的舞蹈功力非常好,而且身轻如燕,可以做掌上舞。汉成帝特别为她打造了一个水晶盘子,让侍从用手托着,赵飞燕在上面献舞,如履平地。当时宫中有一湾清水,叫做"太液池",中间有一个小岛,叫瀛洲。汉成帝命人在上面筑起一个高四十尺的台子。赵飞燕身穿薄纱衣在上面跳舞,下有乐队伴奏。看着高台上的赵飞燕飘飘欲仙的样子,汉成帝格外高兴。忽然一阵大风袭来,赵飞燕薄薄的衣袖随风飘舞,好像要随风而去一般,汉成帝忙命人用力拉住赵飞燕的衣裙。自此以后,汉成帝特意为她建造了一个名为"七宝避风台"的住所。几年后,赵飞燕被册封为皇后。

李延年

李延年是汉武帝时造诣很高的音乐家,他的父母兄弟妹均通音乐,都是以乐舞为职业的艺人。

李延年年轻时因犯法而被处腐刑,以太监的名义留在宫内。由于他"性知音,善歌舞",颇受武帝喜爱,被任命为乐府的官员。李延年非常善于歌唱,"每为新声变曲,闻者莫不感动"。他还长于音乐创作,作曲水平很高,技法新颖高超,思维活跃。他曾为司马相如等文人所写的诗词配曲,又善于将旧曲翻新,他利用张骞从西域带回的《摩诃兜勒》编为二十八首"鼓吹新声",用作乐府仪仗。

李延年将乐府所搜集的大量民间乐歌进行加工整理,编配新曲,广为流传,对当时民间乐舞的发展起了很大的推动作用。可以说,李延年对汉代音乐风格的形成及我国后来音乐的发展,作出了卓越的贡献。

四大名旦

四大名旦是中国近代四位京剧男旦角的合称,他们是梅兰芳、尚小云、程砚秋、荀慧生。1927年,北京《顺天时报》发起选举著名旦角的活动,梅兰芳、尚小云、程砚秋、荀慧生、徐碧云、朱琴心六位得票最多,起初有"六大名旦"之说,不久,朱琴心、徐碧云先后辍演,遂成四大名旦。后来,四人各自按自己的条件、风格编演新剧,展开竞争。梅兰芳排演《红线盗盒》,尚小云推出《红绡》,程砚秋创演《红拂传》,荀慧生编演《红娘》,被誉为"四红";不久,梅兰芳演出《一口剑》(《宇宙锋》),程砚秋上演《青霜剑》,尚小云推出《峨嵋剑》,荀慧生排演《鸳鸯剑》,"四剑"的演出使京剧舞台又起高潮。接着,他们又各自演出了旦角带有反串小生行当的剧目,梅兰芳率先上演《木兰从军》,程砚秋排成《聂隐娘》,尚小云推出《珍珠衫》,荀慧生编演《荀灌娘》,他们的活动大大繁荣了京剧舞台的演出剧目。"四大名旦"各自拥有大量戏迷观众,为京剧事业的繁荣作出了贡献。

第十一章 医生的故事
Chapter 11

　　医学史在中国具有悠久的研究历史。汉代司马迁所著《史记》中有"扁鹊仓公列传",是中国最早的医学史记载。唐代甘伯宗的《名医传》是我国最早的医学史专著。其后,有宋代周守忠的《历代名医蒙求》、明代李濂的《医史》、清代王宏翰的《古今医史》及徐灵胎的《医学源流论》。但是这些医学史著作很少有历史经验、客观发展规律性的论证。

Chapter 11 第十一章 民事损害赔偿

Chapter 11 第十一章
医生的故事

博大精深的中华医术

在中国,远在百万年前已有人类生存,他们在生产和生活中,需要不断地同疾病和伤痛做斗争。火的使用使人类得以食用熟食,驱寒保暖。在用火的过程中,人们发现用兽皮、树皮包上烧热的砂土,熨烫腹痛或者关节痛处,会减轻症状,这就是后世热熨法的开端。人们还发现,用火烧灼局部的皮肤,可以治疗牙痛、胃痛等,这又是我国古老灸法的雏形。

在新石器时代,中国的先民们发现,用石块磨制成的尖石或石片——砭石,可以用来挑破脓肿和刺激人体的某些部位,以解除病痛。砭石就成为最早的治疗工具之一。1963年,在内蒙古多伦旗头道洼石器时代遗址,出土了新石器时代的砭石,之后又在各地出土了多枚砭石以及用于医疗的骨针、竹针,还有铜器和铁器时代的铜针、铁针、金针、银针,说明针灸技术发展到此时已经历了漫长的历史时期。《淮南子》中记载,神农氏尝百草,"一日而遇七十毒"。《史记》中也有关于神农"始尝百草,始有医药"的记载。可想而知,我们的祖先在动植物知识还极度贫乏的情况下,为了寻找食物充饥,往往会误食有毒植物而引起呕吐、腹泻、昏迷,甚至死亡。在获得惨痛教训的同时,人们也会意外发现服用某些植物会解除某些病痛。这可以说就是药物知识的开端了。

在新石器时代中期的仰韶文化时期,人们过着以农业为主的定居生活。酿酒自此开始,龙山文化时期已有专门的酒器,在殷商文化中则发现更多的酒器。酒的一大用途就是用以治病。《汉书》以酒为"百药之长"。《史记·扁鹊列传》中称,疾"在肠胃,酒醪之所及"。蒙古族可能早在汉代以前已能酿制马奶酒,在元代以前已开始用马奶酒治疗因大出血昏厥的病人。藏族用青稞酒糟外敷创口。尽管历史前后不一,但各民族用酒治疗疾病的方法仍是比较一致的。

不用药也能治病

除了使用药物之外,中医还可以使用某种器具对患者进行治疗。平常看起来毫不起眼的银针、艾条、瓷勺、木片、陶罐这些东西,到了中医的手中都成了治病救人的法宝。更厉害的是,中医甚至可以不用任何器具,只用自己的双手和肢体,也能达到替病人解除病痛的目的,这就是为什么人们在形容神医时说妙"手"回春的原因了!

针刺

针刺疗法是通过对人体一定部位进行针刺,以通行气血,调整经络、脏腑功能的治疗方法。中医的经络学说认为,人体有十四经络和奇经八脉,经络上分布着穴位,它们沟通内外,贯穿上下,将人体各部的器官组织联系成为一个有机的整体,并借以运行气血,营养全身,使人体的功能活动得以协调和平衡。而针刺就是通过刺激穴位,使机体恢复这种协调和平衡。针刺疗法可以分为体针、火针、七星针、三棱针等几种,其中体针是民间最常用的一种治病方法,适用范围很广。

灸法

灸法,是利用艾绒或者其他易燃的材料或药物,在人体穴位上或患处烧灼或熏熨,借助火的温热和药物的作用,通过经络来调节人体生理平衡,从而达到防病治病的目的。由于它比针法更加安全且容易掌握,所以在民间的应用非常普遍。灸法可以分为直接灸、间接灸、艾条灸、温针灸、艾熏灸等几种。

推拿

推拿是医生用手或肢体的其他部分,按照各种特定的技巧和规范性动作,在患者体表进行操作,以防治疾病的一种治疗方式。其原理主要是在人体体表的经络穴位上施用手法,通过经络内联外络,气血循行流注而产生局部及全身的作用。推拿手法技巧动作的基本要求是持久、有力、均匀、柔和。常用的推拿手法主要有推法、拿法、按法、摩法、滚法、擦法、摇法、扳法、拉法、振法、击法、理法等。这些手法可以单独使用,可以把两种手法结合起来组成复合手法。

拔罐

拔罐法又称拔火罐,是以杯罐为工具,借热力排去其中的空气,使之吸附在人体穴位或相应的部位,造成瘀血现象的一种疗法。罐的种类有竹罐、陶罐、铜罐、铁罐、玻璃罐、抽气罐等。拔罐法适用于风湿痹痛、腹痛、消化不良、头痛、高血压、感冒、咳嗽、腰背痛、月经病、软组织损伤、目赤肿痛、麦粒肿、丹毒等,尤其对小儿患者更为适用。

刮痧

刮痧疗法就是利用一定的器具,如苎麻、棉纱线团、铜钱、银元、瓷碗、瓷调羹、蚌壳、檀木香板、木梳背、水牛角板,以及盐、姜等,蘸上水或香油等润滑剂,在人体某一部位的皮肤上进行刮摩,使皮肤发红,直到呈现一块块或一片片的紫红色斑点为止,以达到防病治病的目的。

痧,旧时指夏秋两季发生的一种病,症状有微热、头昏、恶心、呕吐、胸腔或胀或痛、上吐下泻等。因这种病用工具刮摩皮肤时会出现紫红色的、细小如沙粒的红点子,所以称为"痧"。刮痧疗法最早专治此种病,后来应用范围逐渐越来越广泛。

古代名医传奇

扁鹊"起死回生"

扁鹊原名叫秦越人,是战国时期的名医,"扁鹊"是他的绰号。他在各国之间奔走行医,医术非常高明,据说传统中医的"望闻问切"四诊法就是由他创立的。

有一次,扁鹊和弟子路过虢国,恰好虢太子患了重病,人们都以为他死了。全国正为此举行大规模的祈祷仪式,国家大事都被撂在了一边。扁鹊找到了太子的侍从官问道:"太子患了什么病?"侍从官答道:"太子中邪,邪气发不出去,就昏倒而死了!"扁鹊又问了太子发病的情况,就对侍从官说:"你去通报大王,就说我能救活太子!"侍从官不相信扁鹊能起死回生,不肯去通报。扁鹊气愤地说:"你去看看太子,他此刻肯定耳朵鸣响,鼻翼扇动,他的身体也一定是温热的。这些都说明他没有死。"侍从官听了不禁目瞪口呆,总算相信扁鹊很有本事,不可小看,只得进去通报。

虢国国君接到通报,赶快出来接见扁鹊,说:"我久慕先生大名,只是无缘拜见。幸好先生路过我这小国,主动来救助,这实在是寡人的幸运!有先生在,我儿就能活命;没有先生,我就只能把他的尸体埋在山沟了!"说着,忍不住哭起来。扁鹊告诉虢国国君,太子患的是"尸厥"(类似今天的休克或假死)。他叫弟子磨制针石,在太子头顶中央凹陷处的百会穴扎了一针。过了不久,太子苏醒过来。扁鹊叫弟子接着在太子两胁下做药熨疗法。过了一会,太子竟能坐起来了。又接着服了二十天的汤药,虢国太子完全恢复了健康。从此以后,天下人都知道扁鹊有"起死回生"的本领。

Chapter11 第十一章
医生的故事

张仲景用"笑"治病

　　张仲景,名机,是我国东汉末年的名医,据说他做过长沙太守。他"勤求古方",博采众家之长,再结合自己多年行医的经验,写出了我国最早的临床诊疗专著——《伤寒杂病论》,此书对后世的医药学发展产生了深远的影响。

　　据传,当时南阳有个名医叫沈槐,已经七十多岁了,没有子女。他整天发愁后继无人,吃不下饭,睡不着觉,慢慢忧虑成病。当地的郎中们来给沈槐看病,谁也治不好,老先生的病情越来越重。张仲景知道后,来到沈槐家。他仔细检查了病情,知道是忧虑成疾,马上开了一个药方:用五谷面各一斤,做成蛋形,外边涂上朱砂,叫病人一顿食用。

　　沈槐一看这个药方,心里不觉好笑,就命令家人把那五谷杂粮做成的五斤大药丸挂在屋檐下,逢人就指着药丸把张仲景奚落一番。亲戚们来看望他,他就笑着说:"看! 这是张仲景给我开的药方。谁见过五谷杂粮能治病? 笑话笑话!"朋友们来看望他,他也笑着说:"看! 这是张仲景给我开的药方,谁能一顿吃五斤面? 滑稽滑稽!"同行们来看望他,他还笑着说:"看! 这是张仲景给我开的药方。我行医几十年,听都没听说过。哈哈! 哈哈!"他一心只想着这件事可笑,忧心的事全抛在了脑后,不知不觉病就好了。这时张仲景又来登门拜访,对他说:"恭喜先生的病好了! 学生斗胆班门弄斧了。"沈槐一听才恍然大悟,惭愧之余,对张仲景是大为佩服。

神医华佗之死

　　华佗,是生活在东汉末年三国初期的名医,字符化。华佗不愿做官,却十分同情下层的劳苦百姓,宁愿摇着串铃,四处行医为人们解脱疾苦,同时集中精力研究医药。

　　华佗由于医术高明,名震遐迩。当时的魏王曹操患有头风病,经常头痛欲裂,请了很多医生都不见效。听说华佗医术好,就请他来医治。华佗只给他扎了一针,头痛立止。曹操怕自己的病再发,就要华佗留在许昌做自己的侍医,供他一个人使唤。华佗不愿做这种形同仆役的侍医,就推说要回家乡找药方,一去不返。曹操几次写信要他回来,又派地方官吏去催请,华佗只推说妻子病得厉害,不肯回来。曹操为此大发雷霆,专门派人到华佗家去调查。不久,华佗就被抓回了许昌。

曹操仍请他治病,华佗诊断之后说:"您的病已经很严重了,不是针灸可以奏效的了。我想给你服麻沸散,把您麻醉后,剖开头颅,除去病根。"曹操一听勃然大怒,以为华佗要谋害自己,就把华佗关到牢里,不久就将他杀害了。临死前,华佗把在狱中整理好的医书《青囊经》交给牢头说:"此可以活人。"没想到,这个牢头怕惹祸上身,不敢接受,华佗只好忍痛将书付之一炬。

孙思邈的《千金要方》

孙思邈生活在唐朝初年,是一位医学造诣很深的医生和医药学家。他所著的《备急千金要方》和《千金翼方》两部医书,收集了大量的医药资料,系统总结了唐代以前的医药成就,是我国现存最早的妇科类医书,对学习、研究传统医学有非常重要的价值。孙思邈活了一百多岁,再加上他医术高明、医德高尚,被后人尊为"神仙"、"药王"。

孙思邈特别重视妇幼保健,是创建妇科的先驱。他在《千金要方》中把妇儿科放在突出的地位。他还打破当时医学界"各承一业"的陋习,主张用综合疗法治病。他本人对用药、用针、用灸都很精熟,对病人也不问贵贱贫富,不分"昼夜寒暑,饥渴疲劳,一心赶救"。

一次,他在路上看到几个人抬着棺材在前面走,棺材里滴出几点鲜血,后边跟着一个老婆婆,正在伤心大哭。他走过去一问,才知道棺材里的"死人"是老婆婆刚刚难产而死的独生女儿。他告诉老婆婆,产妇并没有死。于是众人放下棺材,请他开棺抢救。他们开棺一看,产妇脸色蜡黄,一丝血色也没有,同死人无异,但孙思邈一摸脉搏,还在微微跳动。孙思邈选定穴位,只扎了一针,不一会儿,产妇就苏醒过来,胎儿也顺利产下。眼看着母子得救,大家十分感激,齐声称赞他的医术如神。

时来"人信"诊好病

　　李时珍,字东璧,号濒湖,生活在明代中后期。他家世代从医,祖父是个"铃医",父亲也是当地的名医。李时珍在十几年的行医过程中,经过长期艰苦的实地调查,尝遍百草,编写了一部旷古烁今的中药著作《本草纲目》。全书约一百九十万字,载药一千八百九十二种,载方一万多个,附图一千多幅,是我国药物学的空前巨著。《本草纲目》在动植物分类学等方面有突出成就,而且纠正了许多前人的错误,还对其他相关的学科也作出了贡献,所以被誉为是中国古代的"百科全书"。

　　传说李时珍在外采集草药时,有一天来到湖北新州的涨渡湖边,忽然听到一个小村子里传来阵阵哭声,原来是一位老婆婆在哭她快要断气的儿媳妇。李时珍一看,只见这个病妇肚子胀得又大又硬,全身骨瘦如柴。老婆婆说以前请了好多名医,吃了许多甘草,都不见效,如今只有眼巴巴地看着她等死了。李时珍立即对她进行了仔细检查,然后找来一堆红枣,掏去核,放进少量的"人信"(即砒霜),叫病妇吞下。他还嘱咐婆婆,两个时辰以后用黄老母鸡炖汤给她擦洗下肢,再用黄连煎水给她擦洗头颈和上肢。过了半天,病妇屙出了很多蛔虫和其他寄生虫,肚子的肿也渐渐消了,垂死的病妇马上变成了健康的人。从那以后,这个村子就改名叫"病妇咀",那一带还流传着这样两句话:时来"人信"诊好病,运去"甘草"闹死人。据说这个"时"就是指李时珍。

民间医生的分类

坐堂医

旧时民间把在中药店内坐堂行医的医生称为"坐堂医"。据传汉代名医张仲景曾官至长沙太守,常在公堂上为百姓诊病,在民间传为佳话。后人为纪念张仲景,就把中药店聘请来的医生誉为坐堂医,也称药铺先生。后世管自家开药铺兼行医的人,也称坐堂医。

挂牌医

过去绝大部分医家都自己开有药铺,或游荡江湖,行医兼卖药。也有少数人挂出招牌,只管诊病开处方,不卖药。这些人中大多数医术很高、名气很大,前来求医者车马盈门,所以不用卖药谋生,就只挂牌以图清高;也有少数人刚刚从医,没有资本,开不起药铺,所以只看病不卖药。

走方郎中

南方民间称走街串巷行医的江湖医生为走方郎中,也称游方郎中。走方郎中分为两种,一种以看病开处方为主,兼带卖药;另一种以卖药为主,兼带看病。他们到了城镇就以卖药为主,因为城镇有固定的医生,很少有人找江湖郎中看病;到了缺医的乡间,就以医病为主,兼售自己配制的药。

据说战国时的名医扁鹊要算比较早的走方郎中。他和弟子们周游列

Chapter11 第十一章
医生的故事

国,为各地群众治病。他南下虢国时,用针熨、汤药结合,救活了太子的"尸厥症",被当地人视为神医。后来他又到过赵国的都城邯郸,之后取道汤阴,渡黄河,至山东,为王公大臣和下层百姓治病。他还先后在魏国、秦国和周都治病。这就是最初江湖郎中的典型,江湖郎中很受群众欢迎。

铃医

铃医也是走街串巷的江湖医生。因为他们在翻山越岭、奔波于穷乡僻壤之间时一手提着药箱,一手握着串铃而得名。串铃大多是铜制的,呈圆形,中空,里面有几颗钢丸。铃医行医时将串铃套在三个手指上,左右摇晃,钢丸就在铜圈里滚动起来,发出"当啷当啷"的响声,远近住户就知道有医生来了。

关于串铃还有一个故事。传说唐朝的时候,有只老虎难受地张着嘴来找"药王"孙思邈治病。孙思邈一眼看见老虎的喉咙里卡着一根骨头,便随手取来一只串铃套在胳膊上,随即迅速伸进虎口,用手把那根骨头拔了下来。那老虎一合嘴,正好咬在串铃上,没有伤到孙思邈的胳膊。所以,串铃亦叫"虎撑"。

清代著名的讽刺小说《老残游记》中的主人公老残,就做过铃医。书中写道:"正在无可如何,可巧天不绝人,来了一个摇串铃的道士,说是曾受异人传授,能治百病。街上人找他治病,百治百效。所以这老残就拜他为师,学了几个口诀,从此也就摇个串铃,替人治病糊口去了。"

卖野药的

旧时街市上常有卖野药的,他们练把式、舞刀弄枪,寒冬里也赤膊上阵,用自己强健的身体和精湛的武艺做宣传。卖刀伤药的甚至用刀刺伤自己的腿,出血见红,然后敷上自己的药,用扇子一扇,血流立止,以证实药效真实不虚。他们通常先练一套把式,一旦观众聚足了,便开始卖药。除刀伤药、强身大力丸之外,还有所谓"百步止咳"、"春方打胎"、"长阳种子"等。由于人们大都相信"偏方",所以他们都标榜自己的药来自"祖传秘方",口内嚷着:"今天所带药品无多,凡要买的,请准备好零钱,以先伸手者为准。买着的算咱彼此有缘分;买不着的您也别后悔,好在来日方长……"凡此种种,极力鼓噪煽动,以便造成争相抢购的局面。

稳婆

古时民间称接生婆为"稳婆",又称老娘、姥姥、负姥、产婆、坐婆、养娘等。据说,接生婆有的是姑媳相传,有的是母女相传,成为家传的职业。接生婆大多没什么文化,业务技能依靠家传,凭借多年积累的经验而已。如果真遇到"横生倒养"的难产,她们往往也束手无策。胎儿降生后,稳婆首先要剪脐带,旧法不用剪刀剪,而是用银簪挑起脐带,再用烧红了的火筷子将脐带烙断,然后敷上煅白矾粉。降生后的婴儿如果不啼哭,稳婆必大拍婴儿三下,随拍随叫婴儿父亲的乳名。只要婴儿一啼哭,稳婆就算完成任务,下炕给产妇的婆婆和娘家妈请安道喜,并叮嘱产房注意事项,后领钱而去。

中国古代民间医药禁忌

中华古国历史悠久,在医疗卫生习俗中形成了名目繁多的禁忌。今天看来,其中不少带有强烈的封建迷信色彩,但也有不少对保证人们的健康起了一定的积极作用。人们对这些禁忌大都抱着"宁可信其有,不可信其无"的态度,即使知道违背未必有祸,但也不敢轻易越界。

行业的禁忌

医生忌讳过年时出诊,怕"触霉头",除非给双份诊金破灾才行。平时出诊,医生忌敲患者的门,俗有"医不扣门,有请才行"的说法。因为扣门等于找人看病,对病家和医家都不好。民间医生又有"施药不施方"的说法,就是可以送药给人家,但不能送方子给人家,因为送方子就等于砸了自家饭碗。

房事养生的禁忌

古人认为男女房事是养生中很重要的一项,所以与此有关的禁忌特别多。比如,"百里行房者病,行房千里者死",就是说远行之后,尤其是长途奔波之后不宜行房。还有醉后饱后忌行房,否则会损伤五脏。眼病没有痊愈也忌行房,否则可令人失明。筋骨受伤后一百七十天之内忌行房,百日内行房者死,刚过百日就行房可致残废。还有,行房的场所忌阴冷,行房后感冒风寒忌吃冷食、忌喝凉水等。以上的禁忌中有的纯属迷信,有的则与健康卫生有关。

孕产的禁忌

孕妇的室内,忌在墙上打钉子,认为可能把胎儿钉死;忌在室内挂人物画像;忌动刀剪,恐伤胎儿;忌捆绑东西和肩被线绳,恐孩子颈缠脐带;忌拆、堵门窗,恐弄瞎胎儿的眼睛;忌冷水浴,恐伤胎气等。

孕妇在室外时,忌手抓食盐过门槛,恐胎儿出生时手先出来;忌站在门口看人,恐胎儿出生时头伸缩难下;忌深夜不归或在野外露宿,恐鬼气伤胎;忌坐于房檐下,恐胎儿中风;忌在葡萄架下乘凉,恐产下葡萄胎。

饮食方面,忌食兔肉,恐小儿豁唇;忌食驴肉、马肉,恐孕期延长;忌食鱼肉,恐生下孩子易得皮肤病等。特别有意思的一条是,孕妇想吃什么就是胎儿想吃什么,如果吃不到,胎儿会急出红眼病。因此在民间,孕妇特别想吃的东西,就一定要千方百计让她吃到。

分娩的时候,产妇忌回娘家分娩,也忌在他人家中分娩,这都是因为分娩时要流血,被视为不洁,怕冲撞了神灵,引起血光之灾。同样的原因,许多地方忌产妇在平常睡觉的炕上或床上分娩,怕冲撞了床神。

治疗的禁忌

药方:抓中药时药方不能反叠,否则药与病反,没有功效。

药包:抓好药后要直接回家,不能提着药包去串门。否则,那家会认为你给他家带来病气、晦气。药包提回家后,不准放在锅台、窗台、炕台上。

药渣:煎药剩下来的药渣不能倒在家里,也不能乱倒。因为民间相信,吃过的药渣仍然与病人的病体有联系,如倒放不妥,就会影响病人康复。忌讳将药渣倒在垃圾堆和厕所内。在鲁南一带民间,药渣要端出去倒在门外的大路上,传说这样可以让路人把药渣踩碎踢飞,病就可以根除了。最忌把药留在家里过年,除夕这天家里如果还有没倒掉的药渣,就一定要倒到外边去,否则新的一年家中将不断有人生病。

"反"、"畏"禁忌:民间用中草药治疗疾病,以内服为主,用药十分谨慎,有许多禁忌。如按照中医理论,用凉药去火,用热药祛寒。如果用反了,就会雪上加霜或者火上浇油。用药最大的禁忌是"药性相反"与"药性相畏",俗称"十八反"、"十九畏"。

忌口:一种情况是某种病在治疗期间或病愈一段时间内不准吃某物。如斑疹疮毒之类,忌食鱼虾等"发物",吃了病会加重或复发;一些慢性病愈后,不能吃猪头肉,食后易旧病复发等。另一种情况是服某种药物后,也要忌食某物,否则会影响疗效甚至引起死亡。如服茯苓忌食醋,服黄连、桔梗忌食猪肉,服细辛、远志忌食生菜,服薄荷忌食鳖肉,服鳖肉忌苋菜,服地黄、何首乌忌葱、蒜、萝卜等。

第十二章　媒人的故事
Chapter 12

　　中国古代的婚姻制度是中国古代文化史研究的一个重要课题。在人类社会的三大生产中,婚姻是实现人类自身生产的唯一方式,是社会伦理关系的实体。由于人类自身生产使人类的生命得到延续,从而形成各种人际关系以及社会文化心理和礼俗。人类为了生存和发展,必须从事于生产资料和生活日用品的生产,其中一些产品则成为文化的物化成果。

Chapter12 第十二章
媒人的故事

父母之命、媒妁之言

古代婚姻制度是以"父母之命、媒妁之言"为主体精神建立起来的,在唐代之前,主要体现为一种礼制精神,一种伦理规范,要求人们去遵循。自唐代始,媒妁则被纳入了法律规章之中,《唐律·户婚》规定:"为婚之法,必有行媒。"《唐律·名例》规定:"嫁娶有媒,买卖有保。"就是说,媒妁在婚姻中已不仅是礼制的需要,也成为法律的需要。只有经过媒人说合的婚姻才能得到法律的承认与保护,否则就要受到法律的惩罚。中国古代婚姻全然不是出于当事人的自愿,而完全操纵在"父母之命、媒妁之言"的手中,婚姻只是两个家族之间的事情,与当事人的个人情感、性格、志趣毫无关联。这种经法律确认的婚姻形式,进一步强化了"父母之命、媒妁之言"对青年男女的控制。

在我国历史上,由于盛行"男女授受不亲"、"严男女之大防"的封建思想,大力宣传"大门不出、二门不迈"的所谓贞女品德,儒家的"三纲五常"、"三从四德"等节烈观始终控制着人们的头脑,因此人们都固守"男女无媒不交"的原则。这从另一方面也巩固了媒人的地位,使媒人得以在婚姻上大显身手,且历久不衰。媒人的作用在历史上呈现出二重性:一方面由于媒人的撮合,酿成了许多无可挽回的婚姻悲剧;另一方面,由于媒人的帮助,也使天下不少有情人终成眷属。

关于媒人的各种说法

伐柯人

《诗经·豳风》中有一首诗写道:"伐柯如何,匪斧不克。娶妻如何,匪媒不得。"这几句诗的意思说:砍伐树枝怎么样呢?没有斧子就砍不成。娶妻子的事怎么样呢?没有媒人也娶不了。其实原诗的本意并不是要讲媒人,"匪媒不得"不过是一种比喻而已。然而后人阐释这首诗的时候,却将重点放在后两句上,说媒人在婚姻中的重要作用就和需要砍树枝一样,于是,"伐柯人"就成了媒人的代称,而为人做媒说合,就叫做"作伐"或"执柯"。

冰人

晋朝时,有个孝廉令狐策梦见自己站在冰上,与冰下人说话。梦醒后,他百思不得其解,就去请博学的索紞占梦。索紞说:"冰上属于阳,冰下属于阴,你这个梦占的是阴阳事。你在冰上与冰下人说话,应该就是替阳中人去和阴中人说话。男为阳,女为阴,也就是为男方向女方求亲,看来你会为人做媒。"不久,太守田豹果真请令狐策为儿子向张公微的女儿求婚,而且这桩婚事一说即成。从此,人们便以"冰人"或者"冰斧"、"冰"称呼媒人。"冰人"的称呼,尤其在元明清小说、戏剧中和近代民间最为常见。

Chapter12 第十二章
媒人的故事

月老

月老,即"月下老人"或"月下老"的简称。唐人李复言的《续幽怪录》中说,月下老人为掌管天下男女姻缘的神,他的囊中装有红绳子,只要是命定要结为夫妻的男女,不管他们之间是仇人还是远在异地,只要用红绳子一系,便成了夫妻。后来人们就以月老代称媒人,还将为人做媒称为"牵红线"。用"月老"代指媒人,显然含有姻缘由天、媒人不过是牵线人而已的意思在内。它一方面劝人应听从"媒妁之言",另一方面也为婚姻自由留出了一定余地,所以,人们也常把"月老"视为成人之美的媒人。

红娘

红娘,原为唐代文人元稹的传奇小说《莺莺传》中的人物。她是女主角崔莺莺的婢女,是促成崔莺莺和张生婚姻的关键性人物。在张生与莺莺产生爱慕之情后,红娘给张生出主意,要他以情诗打动莺莺。莺莺也在红娘的帮助下,投入张生的怀抱。而固执的老夫人也因为红娘的机智而不得不做出让步,认可崔张的婚事。后来,红娘就成为帮助他人结成美满婚姻者的代称。在当代,红娘更成了媒人的美称。

媒人的三寸不烂之舌

俗话说,"媒人的口,没量斗";"媒人好口才,死人说活来";"媒人没口才,坐官掉了印";"不把死人说活,莫做媒婆";"媒人空空两只手,嘴一张口就有酒",类似的俗语,不胜枚举。在人们的心目中,媒人的第一个显著特征,就是伶牙俐齿。

媒人处于男女双方的父母之间、当事人男女之间,以及媒人与男方父母、女方父母等多种矛盾的焦点上,成为协调男女双方及其"父母之命"之间各种矛盾的唯一撮合人。这其中,不仅要使双方的"父母之命"达成一致,而且还要实现人与财礼的交易,完成爱情与婚姻的分割,还要使婚后双方基本满意,媒人的任务可谓艰巨非常。因此,要想以一人之口应付众人之心,以一人之力组合众人之力,这种牵线搭桥的事情绝非笨嘴拙舌之人所能完成的。由此可以断定,不仅媒人自问世之日起,就以伶牙俐齿、巧言善辩的面貌出现,而且这种特征还在不断得到发扬,从而使后世担当媒人者都必须有出众的口才。

媒人靠说成婚姻取得谢媒的钱财,职业媒婆甚至以此为生,因而对于职业或半职业媒婆来说,她们往往把眼睛都牢牢盯在谢媒钱上。为了钱,她们在撮合婚姻时必定使出浑身的解数,千方百计,不惜连哄带骗进行说合。很多小说、戏剧中写到媒婆时,几乎都不约而同地写到她们的这个特点。

然而,不管人们怎样骂媒人之口的虚妄不实,但那"男女大防"、"男女授受不亲"的礼仪制度,又使得人们离不开媒人之嘴。

Chapter12 第十二章

媒人的故事

媒人说媒的原则

媒人除具备无人能及的口才之外,在撮合两家结成婚姻时,最常使用的三条原则,就是"门当户对"、"亲上加亲"和"郎才女貌"。

所谓门当户对,是指发生婚姻关系的男女双方家庭,在经济实力、社会地位等方面基本相当和对等。这不仅是封建时代男女双方父母安排和确定儿女婚姻大事的依据,也是"媒妁之言"广为谈论的重要话题,是媒人撮合男女双方联姻的法宝。婚姻缔结讲究门当户对,是阶级社会等级制度的体现。在封建社会,人们按照经济势力、政治地位划分为不同的等级,各个等级之间相隔着一条不可逾越的鸿沟,社会交往不得越雷池一步,婚姻的缔结更是如此。统治阶级为了巩固自己的政治权力,平民百姓为了自己的家世利益,社会上下都以门当户对作为婚姻的基本条件,媒人们也就将门当户对当成了自己游说的依据。

亲上加亲,是在旧时人们心目中最为理想的婚姻。汉族民间有俗语说:"姑表亲,断了根;姨表亲,亲上亲。"壮族俗语说:"除了青岗无好柴,除了郎舅无好亲。"封建时代的法律虽然曾明文禁止同姓为婚,但表亲婚姻一直没有受到法律的太大限制,表兄弟姐妹之间结成婚姻的风俗广为流行。因此,表亲婚也成为媒人大加张目的重点之一。在明清时代,表亲婚普遍盛行,以致出现了类似《红楼梦》中四大家族姻亲代代相传的现象,而现代作家巴金的小说《家》中反映的也是表兄妹之间的爱情。

"郎才女貌"这一条件谈论的是婚姻的当事者,但是,对郎才女貌的评价者并不是婚姻的当事者,而是决定男女双方婚姻的父母和媒妁。因此,这仍然是父母和媒人经常运用的逼迫婚姻当事者就范的一种说教。在过去,人们所称颂的良缘佳偶就是才子配佳人。在古典小说和戏剧中,关于才子佳人的婚姻描述可谓连篇累牍,不可胜数。诸如状元当驸马、县

太爷小姐嫁秀才、元帅千金配将军等,这些"郎才女貌"的典型格式比比皆是。其实,"郎才女貌"所反映的是男女不平等的社会现实。它宣扬了参与社会统治和支撑家庭门面的男子,必须具有一定的才华;而作为社会附庸和男子从属者的女子,是不需有什么才华的,只要长着一副俊俏的脸蛋,能够装饰门面,能带给男子欢娱就够了。因此人们说"女子无才便是德"。也正因为如此,封建礼教才把"妇容"作为"四德"之一,媒人也才能在"郎才女貌"上大做文章,把一对对男女推向了无爱的婚姻。

撮合死人成亲的鬼媒人

　　古时候,有的人家有未婚的男女死去,家里就要托媒人去说媒,以求找到一个已死的异性将两人合葬在一起,意思是他们在阴间寻到了配偶,举行了婚嫁,这就婚姻叫做冥婚。冥婚集中体现了中国传统观念对婚姻家庭的重视,人就是死了,也不能失去人生最重要的东西——婚姻与家庭。而为已死的未婚男女做媒的媒人就叫做"鬼媒人"。鬼媒人不光要为死者两家撮合,而且要通过占卜、祭礼、设幡等一系列仪式为死者举行婚礼,这样他的职责才算完成。然后,鬼媒人就可以得到两家分别赠送的媒礼。据说,鬼媒人每年都要了解、掌握本乡男女死者的情况,以便随时前去说媒。甚至有的鬼媒人就靠此业为生。

　　史籍记载,三国时的曹操就曾操办过一次冥婚。曹操最喜爱的儿子曹冲十三岁时不幸病故,曹操悲痛万分。曹冲生前因年幼未及纳采订婚,曹操就先向邴原说亲,希望邴原将他未嫁而死的女儿嫁给自己的儿子,但遭到邴原的拒绝。后来曹操终于聘到甄家死去的女儿,为曹冲结成冥婚。后来,曹冲被追封为邓哀王,他的侄子作了他的继嗣,并承袭爵位。可见,冥婚的一项重要意义在于确立继嗣,以便维护宗法和政治的利益。